FOLIO
JUNIOR

A comme Association

Erik L'Homme

Le regard brûlant des étoiles

Gallimard Jeunesse / Rageot Éditeur

Illustrations : Marguerite Courtieu

*Ilya i polilvë cilmë na ta i ora men carë lumesse
i na men antaina.*
Tout ce que nous avons à décider,
c'est ce que nous devons faire du temps
qui nous est imparti.

Gandalf Manteau-Gris

Les neuf règles de l'Association… *revues et corrigées par l'Agent-sorcier Jasper (dit l'Insolent)*

1. L'anormal et le normal n'existent pas… *d'un point de vue absolu en tout cas, sauf si l'on se réfère aux cravates de Walter.*
2. L'Association n'existe pas non plus… *surtout quand les Agents stagiaires en ont besoin.*
3. Elle n'emploie pas d'Agents… *mais elle le voudrait bien !*

<u>Mais :</u>

4. L'Agent a au minimum quinze ans… *et parfois beaucoup moins si l'on considère l'âge mental (cf. Jules).*
5. L'Agent garde secrète la nature de son travail… *et mentira à l'Association qui lui mentira en retour.*
6. L'Agent ne révèle jamais ses talents particuliers… *à ses parents et à ses amis (parce que bosser avec des collègues sans utiliser ses dons, c'est débile).*

7. L'Agent doit se conformer strictement à sa mission… *qui se comprend forcément dans un sens très large.*

8. L'aide à un Agent en danger prime sur la mission… *même quand cette mission consiste à ne pas être en mission.*

9. L'odeur de soufre annule la mission… *et lance l'enquête.*

I. Erre sur les cimes, petit, avant d'aller au cimetière !

(Gaston Saint-Langers)

1

Je suppose que le Sphinx a explicitement demandé à être enterré.

Moi, depuis que je sais que des goules hantent les cimetières, je penche plutôt pour la crémation.

De toute façon, dans un funérarium ou devant une tombe fraîchement creusée, l'ambiance reste la même.

Silencieuse et digne.

Triste.

Mortelle…

Dans le cimetière Stephen King, les arbres qui dressent vers le ciel leurs longs bras squelettiques font office de gardiens.

Aux États-Unis, ce genre d'endroits, grands comme des parkings de supermarché, permet à des limousines de dégorger les *men in black* venus rendre un dernier hommage à leurs camarades tombés dans l'exercice du devoir.

Ici, l'espace entre les tombes est à peine suffisant pour accueillir la douzaine de personnes présentes.

Je me tiens contre Nina. Elle pose de temps en temps sa tête sur mon épaule.

« *Jasper… Ça va ?*

– *Ça va.* »

Je n'ai pas le cœur à bavarder et Ombe le sent. Elle se retire silencieusement pour assister à la cérémonie depuis le fond de mon crâne.

Jules reste indifférent aux marques d'affection que Nina me prodigue, et les larmes qu'il retient sont pour le Sphinx. J'imagine qu'il connaissait lui aussi l'armurier. Comme tous les stagiaires, c'est-à-dire en réalité fort peu mais suffisamment pour être touché par sa disparition.

Walter et mademoiselle Rose ont le visage sombre et le regard sévère. Est-ce parce que la mort de leur ami annonce de graves événements ?

L'inquiétude semble le disputer à la douleur. C'est bien ainsi.

Comment aurais-je survécu à la disparition d'Ombe sans l'impératif de la venger ?

La nécessité de l'action répond à l'atonie provoquée par la souffrance.

Mademoiselle Rose porte un ensemble noir et une mantille de dentelle. Walter, une cravate étonnamment discrète.

Je remarque une bosse dans le manteau du *boss*, au niveau de l'aisselle. Elle trahit la présence d'une arme à feu, du genre massive.

Le sac à main de notre secrétaire bien-aimée paraît, quant à lui, bien lourd.

Une guerre couve donc vraiment…

Mais qui en connaît les protagonistes et les enjeux ?

Derrière nous, quatre mercenaires en costume impeccable (des Agents auxiliaires, pour donner dans le lexicalement correct) se recueillent, mains croisées. Eux non plus ne sont sûrement pas venus les poches vides.

En face, de l'autre côté, il y a trois hommes.

Quand je suis arrivé, tout à l'heure, j'ai marqué un temps d'arrêt et mon cœur a fait un bond. Il y avait de quoi ! Deux quoi ? Deux répliques d'Ernest Dryden, le meurtrier au Taser. Même attitude, même accoutrement. Même regard inquisiteur.

J'ai senti Ombe se crisper à l'intérieur.

J'ai cherché des yeux, paniqué, leur Taser trafiqué. Mais ils étaient là sans armes, encadrant l'individu le plus sinistre qu'il m'ait été donné de voir.

Deux mètres de haut, maigre, légèrement voûté, le teint cadavérique, une abondante chevelure blanche soigneusement coiffée en arrière, un costume d'une extrême élégance, des mains fines couvertes de bagues s'appuyant sur une canne ouvragée. L'exact inverse (physique et vestimentaire) de Walter. Walter, venu à la rencontre de cet homme à l'entrée du cimetière avec un mélange de déférence et de dégoût, tandis que mademoiselle Rose pinçait les lèvres.

J'ai alors compris qu'il s'agissait de Fulgence, l'actuel patron de l'Association, et de membres de la Milice antidémon jouant les gardes du corps.

Fulgence m'a adressé un bref signe de tête, ainsi qu'à Jules et à Nina, puis il s'est totalement désintéressé de nous.

À mon plus vif soulagement.

À présent, le prêtre prononce quelques mots d'usage.

Je ne les écoute pas. Je m'étonne de la solitude du Sphinx. Où est sa famille ? L'a-t-on seulement prévenue ? Renonce-t-on à ses proches en devenant Agent titulaire ?

Mais peut-être que le colosse aux mille cicatrices était orphelin, réservant son affection à ses papillons et ses mauvaises blagues aux stagiaires naïfs.

Parfaite dans le rôle de la fausse veuve, mademoiselle Rose écrase une larme.

Bon sang…

Est-ce que je m'entends penser ? Ce détachement clinique, cette évaluation froide d'une situation qui devrait me bouleverser…

Une moitié de mon être me traite de psychopathe. L'autre partie ricane.

Heureusement, là où je me suis réfugié, là où mon esprit vagabonde, je ne les entends pas.

– Jasper ? Tu tiens le coup ?

Nina aussi s'inquiète pour moi. On dirait que c'est le propre des filles de rassurer les garçons quand les émotions passent à l'attaque.

Je plonge mon regard dans ses yeux verts. J'y découvre des promesses de sérénité. De l'amour aussi, peut-être. Elle n'utilise pas son pouvoir. Elle me respecte, elle me fait confiance.

Je ne sais pas si elle a raison.

Quels sont mes sentiments pour Nina ? À certains moments, je suis heureux d'être avec elle, de ne penser à rien, de me laisser porter par le présent. À d'autres, je ressens une sorte d'indifférence. De lassitude. Comme si j'étais là alors que je devrais être ailleurs. Comme si me promener main dans sa main, bavarder de sujets futiles et passer du temps à ne rien se dire m'éloignaient de ma vraie vie.

Je suis tordu ? Je sais.

En fait, je me demande si ce n'est pas plus simple que ça. Peut-être que c'est seulement l'idée de l'aimer qui me plaît. Peut-être que je ne l'aime pas.

– Je tiens le coup, je m'entends répondre en me forçant à sourire.

Puis je presse ses doigts entre les miens pour clore le sujet.

Le prêtre a terminé. Les fossoyeurs descendent en ahanant la boîte qui contient le corps du Sphinx. Où s'en est-il allé ? A-t-il choisi de rester là, éternellement inerte et tranquille, bientôt enseveli ? Ou bien accompagne-t-il, au-dessus d'un champ de coquelicots pourpres, la danse légère de ses chers papillons ?

Le prêtre nous invite à passer devant la tombe, à ramasser une poignée de terre et à la jeter, avec les ailes du silence ou bien lestée de quelques mots.

Je remarque que Walter et mademoiselle Rose

gardent leur distance avec le groupe de Fulgence. La tension entre eux est presque palpable.

Quand arrive mon tour, je m'arrête et je contemple les planches du cercueil. Je distingue parfaitement le sortilège tissé dans les nœuds du bois, qui empêchera les goules et autres amateurs de cadavres d'approcher.

Je jette la terre qui retombe en grêle et je murmure des paroles qui surgissent de nulle part :

« Nous sommes des voyageurs guettant sur l'ultime rivage le navire des derniers jours, qui flottera sur les ongles des morts… »

Mademoiselle Rose et Walter me lancent des regards étonnés.

Nina se serre davantage contre moi, sensible à l'étrange poésie des mots que je viens de prononcer.

Les MAD-labars tressaillent.

Quant à Fulgence, il se redresse comme s'il avait reçu un coup de fouet.

Pour la première fois depuis longtemps, j'ai le sentiment d'avoir dit ce qu'il fallait, quand il le fallait.

2

– Jasper ?

Mademoiselle Rose s'approche, tandis que les autres se dispersent.

– Oui, Rose ?

– Tu ne réponds pas au téléphone. Tu nous en veux toujours ? Je croyais que nous avions réglé notre contentieux, l'autre soir.

– Je… Je suis très occupé en ce moment.

« Tu parles ! Tu erres comme une âme en peine ! Écrasé par le poids de tes pensées !

– Tais-toi, Ombe. Elle n'a pas besoin de le savoir. »

Mademoiselle Rose ne dit rien, se contente de m'observer.

– Nous nous réunissons cet après-midi, rue du Horla, finit-elle par annoncer. Walter et moi aimerions que tu sois présent. Tu penses pouvoir accorder un peu de temps à l'Association ?

Le ton ironique de mademoiselle Rose remplace mille fois les reproches qu'elle serait en droit de me faire.

Je soupire.

– Je viendrai.

– Il y aura du chocolat chaud, ajoute-t-elle avant de tourner les talons et de rejoindre Walter à l'entrée du cimetière.

« *Elle avait l'air triste.*

– *Je dirais plutôt déçue.*

– *Tu vas y aller ?*

– *Oui.*

– *Tant mieux. Ça te fera du bien de voir des vivants. Les morts et les cimetières, c'est comme les filles fantômes ; ce n'est pas très gai !*

– *Tu n'es pas un fantôme et tu n'es pas sinistre ! C'est moi qui ne vais pas bien en ce moment.*

– *J'avais remarqué.* »

Je hausse intérieurement les épaules.

Une brûlure dans ma poche de pantalon me fait sursauter. C'est la gourmette d'Ombe. Plus précisément Fafnir, mon sortilège-espion, que j'ai transféré à l'intérieur au cours de la bagarre avec le loup-garou. Lui, si débordant d'énergie d'habitude, s'étiole dans sa nouvelle enveloppe.

Je sens sa souffrance dans la brève vague de chaleur et je me mords les lèvres.

Je l'avais oublié…

Ombe a raison, je déconne plein tube en ce moment.

Je me dirige vers la sortie, et aussitôt Nina me rejoint, laissant Jules veiller seul sur la tombe du Sphinx.

– Tu y vas ?

J'acquiesce.

– Tu veux qu'on se pose quelque part pour boire un verre ? demande-t-elle sans me quitter des yeux.

– Non, je réponds en m'abstenant de la regarder. Je crois que… j'ai besoin de rester seul.

Mes bras sont croisés, comme une interdiction de m'approcher. Nina accuse le coup.

– Je comprends…

Je l'ai blessée. Mon cœur tombe au fond de ma poitrine. Sans réfléchir, je lui prends la main et je la serre. Mon geste semble la rasséréner.

– On se retrouve plus tard ? dit-elle en s'efforçant de sourire. À l'Association ?

– D'accord.

Pourquoi est-ce que je m'inflige – je lui inflige – ces bouffées de froid et de chaud ? Qu'est-ce que je cherche ?

Dans un profond soupir, je m'apprête à quitter la dernière demeure de celui qui fut grand armurier de l'Association et ami intime des Rose et des papillons, quand une voix résonne derrière moi.

3

– Jeune homme ! Un instant !

Je me retourne. Fulgence me toise de toute sa hauteur.

J'ai beau être grand pour mon âge, j'ai le sentiment d'être un nain. Ses sbires le serrent de près, comme si j'allais l'attaquer. En réalité, je n'ai qu'une seule envie : mettre de la distance entre lui et moi.

« Fais gaffe, Jasp. Je le sens pas, ce type.

– Moi non plus, rassure-toi. »

– Vos cerbères, je dis en désignant du menton Dryden 2 et Dryden 3, ils vont essayer de me griller ?

– Personne ne va griller personne, répond Fulgence d'une voix étrangement douce. Enfin, c'est une façon de parler.

Il se met à rire et son rire fait froid dans le dos.

– Qu'est-ce que vous voulez, alors ?

Il me décoche un regard acéré.

– Je suis le responsable de l'Association. J'exige un peu de respect. Tu es… Agent stagiaire, c'est ça ? Le degré zéro sur l'échelle de Walter !

De nouveau, ce rire insupportable.

Ce type est taré, ma parole ! En plus, ses jeux de mots (je suis un connaisseur) sont franchement nases.

En comparaison – abstraction faite de leur paternalisme exacerbé – mademoiselle Rose et Walter semblent soudain adorables et attentionnés…

– Le respect, ça se mérite, monsieur, je réponds en conservant mon calme.

« Bravo, Jasper ! Ça, c'est envoyé ! Tu es un bon petit frère. »

Blêmissant sous l'insulte, Fulgence avance vers moi.

Refrénant mon envie instinctive de reculer, j'avance moi aussi d'un pas. Nous sommes presque nez à nez. Yeux charbonneux contre yeux gris délavés.

– Je pourrais te réduire en bouillie, te jeter hors de l'Association, réduire ta mère à la misère, gronde-t-il entre ses dents.

– Et moi, je pourrais vous atomiser comme j'ai atomisé votre salopard d'assassin ! je réponds en criant presque, sans baisser le regard.

« C'est vrai, ça ?

– Non, Ombe. Je bluffe.

– Tu bluffes drôlement bien. »

Je sens chez cet homme, en effet, une magie puissante et ancienne. Fulgence est un mage. Pourquoi cela ne me surprend-il pas ?

Si je devais l'affronter, je morflerais. Mais la colère me donne la force de rester immobile. Walter nous sépare avec des « Messieurs, voyons ! » scandalisés.

C'est dommage, parce que j'aime bien l'histoire de David et Goliath.

Elle correspond à mon tempérament frondeur.

4

En deux temps, trois mouvements, je me retrouve confié à mademoiselle Rose qui m'entraîne hors du cimetière, tandis que Walter essaye de calmer Fulgence.

– Je m'attendais à un clash, annonce mademoiselle Rose, mais pas venant de toi. Et surtout, pas aussi brutal !

Malgré son air clairement désapprobateur, je perçois dans sa voix une inflexion satisfaite. À mon avis, elle ne porte pas ce type dans son cœur…

– Il m'a pris de haut, je réponds. C'est un pervers.

– C'est le chef de l'Association, Jasper.

– Il n'empêche, je m'entête.

« À *fond avec toi, Jasper. Ce type est un pervers.*

– Rose a raison, j'aurais dû garder mon calme. Mais je n'ai pas pu me retenir !

– J'aime quand tu te lâches. Tu me fais penser… à moi.

– C'est un beau compliment, Ombe. Sincèrement. »

Nous marchons un moment sur le trottoir, sans rien dire.

– Ce n'était pas prudent, lâche mademoiselle Rose d'une voix hésitante, comme si elle me faisait une confidence.

– Pourquoi ? C'est le chef de l'Association, non ? Il veille sur ses Associés, comme Walter et toi veillez sur vos Agents. Enfin, ce qu'il en reste.

– Bien sûr ! Seulement… tu es un cas spécial.

Je m'arrête, attentif. J'attends qu'elle en dise plus. Mais rien ne vient.

– C'est parce que les fous furieux de la MAD ont tué Ombe et qu'ils ont essayé d'avoir ma peau que vous vous inquiétez ? j'insiste en mettant la même ironie qu'elle, tout à l'heure, dans ma question.

– Plus précisément, Walter et moi nous inquiétons de ne pas comprendre. Est-ce qu'il s'agit d'un dérapage, d'un gigantesque malentendu ? D'un plan secret qui ne nous a pas été confié ? Fulgence refuse pour l'instant de s'expliquer. Il manifeste devant nos questions, comment dire… une certaine arrogance.

– Tu m'étonnes !

– Ce n'est pas simple, Jasper…

Elle a ramené sa mantille sur ses épaules, à la manière d'un châle. Ses cheveux gris sont attachés en chignon. Ses traits sont tirés. Rien d'étonnant : avant-hier, elle portait une armure et brandissait la foudre contre une horde de lycans…

Walter nous rattrape. Il a marché trop vite. Il extirpe son mouchoir d'une poche et s'éponge le front.

– La diplomatie est-elle au programme de la formation des stagiaires, Rose ? Si oui, des exercices pratiques s'imposent ! Si non, il faut l'inclure d'urgence…

– Je viens justement d'en parler avec Jasper et…

– Enfin, ça ne s'est pas si mal passé, continue Walter, à ma grande surprise, sans laisser à Rose le temps de finir. Sachant la MAD impliquée dans le meurtre d'Ombe, Jasper aurait pu avoir une réaction plus violente !

– Vous prenez sa défense ? constate Rose, ébahie.

– À une autre époque, nous aurions eu la même attitude que Jasper.

– Le passé est le passé, Walter, le reprend sèchement Rose. Notre jeunesse est derrière nous.

– Tant de choses sont derrière nous, soupire-t-il.

– Rien ne les fera revenir, assène Rose sur un ton lugubre.

Manifestement, ils m'ont oublié ! Je suis gêné de les entendre parler d'eux-mêmes. Mes parents font souvent pareil. Quand ils sont là, bien sûr ! J'ai l'impression alors d'être un juré désigné d'office dans le procès d'actes dont j'ignore tout, lointains mais toujours vivaces. Le témoin d'une sourde et inusable dispute.

Par bonheur, nous sommes arrivés devant la bouche du métro.

Je toussote.

– J'y vais.

– Je compte sur toi tout à l'heure ? me demande

mademoiselle Rose alors que je m'engouffre dans les escaliers.

Je fais oui de la tête, soulagé d'en avoir terminé avec l'enterrement, la présence des assassins de la MAD et cette conversation avec Walter et mademoiselle Rose.

Je regrette juste de ne pas m'être battu avec Fulgence !

Ça m'aurait défoulé.

5

– Maman ? Tu es là ?

Pas de réponse. Je ferme derrière moi la porte de l'appartement sur laquelle j'ai renouvelé le sort de protection qui a récemment prouvé son efficacité. Trois Agents auxiliaires au tapis, ce n'est pas rien (et ça explique, maintenant que j'y pense, la tronche qu'ils me tiraient à l'enterrement du Sphinx…).

Je parcours en trombe les quelques mètres qui me séparent de la cuisine.

J'ouvre le réfrigérateur, prends le premier truc qui me tombe sous la main et le grignote du bout des dents. Est-ce que ma mère m'a dit où elle partait aujourd'hui ? Peut-être. Le problème, c'est que je ne l'ai pas écoutée.

Pas de lettre sur la table, j'en déduis qu'elle ne s'est absentée que momentanément. Comme moi (là-dessus, comme sur beaucoup d'autres points, Ombe a raison) lorsque je suis parti, pendant deux jours, dans la vastitude – pour employer un terme royal – de mon crâne, afin de mettre un peu d'ordre dans le champ de ruines d'un moi sans toit; un moi qui se ramasse de plein fouet l'ouragan de questions sans réponses…

Dans ma chambre, l'odeur de Nina a disparu, remplacée par des relents de vieille chaussette. A-t-elle seulement dormi dans mon lit, sur mon épaule ? Mes souvenirs eux-mêmes ne sont plus fiables… Pourtant oui, elle était là, la veille de mon incursion dans les tréfonds de l'hôtel Héliott. Elle m'a murmuré, avant de m'embrasser, que j'étais un héros et j'ai été à deux doigts de la croire.

Je défais mon manteau et l'abandonne sur le dossier d'une chaise.

« *Ombe ?*

— *Oui.*

— *Je t'ai déjà emmenée dans mon labo ?*

— *Jamais.* »

Je sors une clé de ma poche, déverrouille la porte du laboratoire. La pièce baigne dans une pénombre qui m'apaise aussitôt. D'épais rideaux cachent la lumière du jour.

J'allume une bougie sur un chandelier en fer forgé.

« *Ça fout les jetons, cet endroit.*

— *Ce n'est qu'un labo de sorcier. Si tu savais, Ombe, combien d'heures j'ai passées dans cet endroit, à manipuler les éléments, à buter sur la grammaire elfique, à tenter de hasardeuses combinaisons runiques, à râler devant mes échecs, à m'émerveiller de mes réussites…* »

Seul (encore et toujours).

« Je comprends, Jasp. C'est l'équivalent de la salle d'armes pour moi.

– C'est là que j'ai inventé le charme du soleil en boîte qui m'a permis d'échapper la première fois à Séverin. Que j'ai transformé mon téléphone portable en GPS pour te retrouver – avant de tomber sur Erglug dans l'entrepôt ! »

Me voilà en pleine nostalgie.

Je secoue la tête. Il est grand temps de s'occuper de ce pauvre Fafnir, qui agonise silencieusement, prisonnier de la gourmette d'Ombe. Je ne comprends pas pourquoi il réagit de cette façon. Est-ce que c'est à cause de l'argent ? Peu importe : pour le sauver, je dois lui offrir un nouveau support. Et je l'ai trouvé !

« Jasp ?

– Ouais ?

– Merci de partager tout ça avec moi.

– Pas de quoi. »

On partage des trucs intimes avec sa sœur, non ?

Je n'en ai pas l'habitude, mais je crois que ça se fait.

6

Je sors la gourmette encore chaude de ma poche et la pose sur un coin de la lourde table en bois, au centre de la pièce, encombrée d'alambics et d'outils. Je vérifie que le double pentacle gravé sur le plancher, renforcé par des graphèmes runiques, est en état de répondre à mon appel.

Je me dirige ensuite vers la bibliothèque qui couvre un mur entier du laboratoire. Elle regroupe un nombre important d'ouvrages consacrés aux pratiques magiques et aux créatures hantant la part sombre de notre monde, récits légendaires et *Livres des Ombres*, en passant par quelques fictions baroques et inspirées.

Voici le livre que je cherche : *In occulto*, le célèbre incunable (il faut regarder la définition du dictionnaire avant de glousser bêtement) du père Vito Cornélius, que mes parents m'ont offert à Noël. J'y ai découvert une incantation étrange, que je me suis empressé de traduire en haut-elfique et que je compte utiliser aujourd'hui.

Je récupère précautionneusement un gros bocal scellé à la cire, posé sur une étagère à côté de mes flacons d'huiles et bouteilles de potions, sachets de poudres, morceaux de pierre et bouts de métal.

Je dois à présent activer le pentacle. Ce que je m'apprête à réaliser est d'un niveau de sorcellerie élevé ; mieux vaut être prudent.

Je rassemble les quatre éléments.

La bougie (feu) est déjà allumée. Je trempe mes doigts dans le chaudron en bronze et asperge la table de gouttes (eau). Je mets en marche le ventilateur de poche fixé sur une étagère (air). Enfin, je gratte les semelles de mes chaussures et jette sur le bois humide le souvenir de mon passage au cimetière (terre).

Je réveille mon pentacle en répandant sur les runes une poignée de sel gris et je marmonne l'appel qui fera se lever le champ de force :

ᚱ ᚠᛁᛗᚻᚢ ᛏᚱ ᚠ ᛏ ᛖ ᛈ ᛈᛁ, ᚠ ᛏ ᚨ ᛗ ᚠᛁ ᛏᛗ ᛏᚠᚾ ᛗᚻᛁᚤ, ᚳᛈᚾᚲᚢ ᚠᚻᚢᛏᛁᛋᛋ ᛏ ᛏᛉᛁᛏᛏᛉᚾᚱᚱᛁ ᚳᚠᚱ ᚾᚱᚾᚤ ᛒᚱᛉᚾᛏᚠᛏᛏᚠ ᛏ ᚱᚱ, ᚱ ᛏᛗᚾᚷᚱ ᚾᛋ ᚳᚠᚱ ᛈ ᚾ ᛏᛉ, ᚳᛁ ᛏᛁᛏᚳᚠᚱᛏ ᛋᚠᚠᚾᛁ ᚱᛋᛗ ᛗᚠᚷᚠᚤ ᛏᛋᚾᚱᛈ ᛉᛁᚳᚠᚱ ᛏᛉᚷᛏ ᛗ ᛏᚻᚠᚤᛏᚠᛏᛗᛁᛋᚲᚢ'ᛉ ᛗᚠᛏᛏᚳᛋ ᚱᛏ'ᚻ ᚱᛁᛏ ᚠᚷᛉᛉᚾᛋᛏ ᚱᚷᚠᚱᛗ ᛒᛁᛏ ᛁᛏᛏᚠᛏᛏᛗ ᚻᚠᚷᚠᛏ,ᛏᛉᛏᚱ ᛗ ᚱ ! *Raidhu trace la voie, avec la main de Naudhiz, pour que Féhu tisse une toile nourrie par Uruz broutant la terre, rendue généreuse par Wunjo, piétinée par les cavaliers de Dagaz et survolée par le cygne Elhaz, tandis qu'Odala préserve l'héritage sous le regard bienveillant de Hagal, notre mère !*

Woaouf. Et voilà. Un mur d'air translucide, plus

solide que le meilleur des blindages, m'isole de toute influence extérieure.

Je pose le bocal près de la gourmette qui abrite – et phagocyte – Fafnir. Je rassure les âmes – et les nez – sensibles : il ne s'agit pas du bocal de tripes à la Dryden, donné (un rappel pour les têtes en l'air) en cadeau à Lucinda la goule.

Non, celui-ci renferme le nouveau réceptacle que j'ai choisi pour mon intrépide Fafnir : un corbeau mort, maintenu à l'abri de la putréfaction grâce à un savant mélange d'herbes activées elfiquement (absinthe-*sara olva*, frêne-*ulwe*, genévrier-*ando avëa*, houx-*piosenna*, if-*tamuril* et sauge-*coina olva*).

« *C'est ce que je crois, Jasper ?*

– *Un corbac tué par le froid.*

– *Tu comptes en faire quoi ?*

– *La nouvelle enveloppe de Fafnir. Il dépérit dans ta gourmette. Il a besoin d'air.*

– *Eh, Jasp ! C'est malsain ton truc. Tu te prends pour Frankenstein ?* »

C'est malsain, je suis d'accord. Mais j'ai eu cette idée de transfert au cours d'un de mes rêves rouges, avant de trouver dans le livre de Cornélius une solution pour le réaliser. Fafnir va redonner vie au corps de ce pauvre oiseau, en même temps qu'il s'appropriera sa conscience. Une sorte de possession permanente !

En théorie, car il faut encore que ça marche.

« *Frankenstein a créé un monstre à partir de rien,*

Ombe. Moi, je me contente de transférer un esprit dans un corps qui en est dépourvu !

– C'est étrange mais la nuance m'échappe. »

Je coupe court à la discussion en ouvrant le bocal. J'ai l'intention d'aller jusqu'au bout de mon expérience ; alors, inutile de perdre du temps.

Aucune odeur de charogne. Juste le parfum entêtant et fort des plantes.

J'étends sur la table le cadavre du corbeau. Son plumage, noir, est déjà terne. Le bec, solide, noir également, est légèrement courbé. Sur la gorge, massive, les plumes sont pointues et hérissées. Fafnir sera bien dans son nouveau corps.

Je place la gourmette sur l'oiseau puis répands dessus les plantes broyées.

Je prends mon inspiration et prononce l'incantation, rapportée dans le livre du père Cornélius au chapitre « Démoneries et magie noire ». J'ai toujours pensé qu'il n'existe pas de magie noire ou de magie blanche ; seulement des sorciers animés de bonnes ou de mauvaises intentions…

– Sarraaa olvvaaa, arrwaaa luiinë uulwe, aaa haaahamë Fairrë ; pioosennaaa, arrwaaa luiinë olvoo coinnaaa, aaa maanwaaa vaiinë moorë ; annanтaaa τyye, τamuuril, aaa lavvë saanwë-mmanтaaa… *Plante amère, avec l'aide du frêne, convoque l'esprit divagant ; houx, avec l'aide de la plante vive, prépare l'enveloppe noire ; et toi, if, permets le transfert…* Equeen : ullwe aaa senëëτ anddo aavëaaa ! Eqquen : anddo avëëaaa

33

arrr piiosennaaa, aaa ppalyal ittilaaa hhlinë, aaa ciiral llandarrr peellaaa, miinnaaa hhellë assto, aaa tuuvëal haarnaaa hunnlocënyaaa! Je dis : frêne, libère la porte de l'au-delà ! Je dis : genévrier et houx, ouvrez largement la toile d'araignée étincelante, naviguez au-delà des frontières, dans le ciel de poussière, trouvez le dragon-chien blessé ! *Equenn : Faffnir arrr corcco aaa nuutildë !* Je dis : mélangez-vous, Fafnir et corbeau !

J'ai le sentiment d'avoir parlé quenya d'une manière plus gutturale que d'habitude. La gorge m'irrite. Je ressens le besoin de boire une gorgée d'eau. Ça ne m'était pas arrivé depuis longtemps !

« C'était de l'elfique, ça ?

– Qu'est-ce que tu veux que ce soit ?! »

La gourmette fume légèrement. Je la saisis : elle est brûlante. J'espère que Fafnir n'a pas laissé sa vie dans l'expérience…

J'attends un signe de l'oiseau. Un tressaillement. Un œil hagard qui s'ouvrirait. Un battement d'ailes affolé.

Mais l'oiseau reste inerte. Plus mort que jamais.

– Fafnir ?!

Je crie presque. Je ne sais pas à qui m'adresser, à la gourmette cramée ou au corbeau, froid comme une pierre.

– Fafnir…

Un œil rond s'ouvre brusquement.

L'oiseau est agité de convulsions.

Le souffle court, j'assiste à la résurrection de mon sortilège adoré.

Le corbeau remue et tente de se mettre sur ses pattes.

« *C'est dingue, Jasp ! Tu as réussi.* »

Je dois me rendre à l'évidence : ça a marché.

Pour un peu, je lancerais à voix haute et à la gloire de la sorcellerie un : « *Yes wiccan !* » triomphal !

– Heureux de te revoir, mon vieux Fafnir, je soupire, soulagé.

Le corbeau ne répond pas (les corbeaux ne parlent pas, de toute manière). Il ouvre ses ailes, comme s'il s'étonnait lui-même qu'elles soient si grandes. Il fait quelques pas indécis sur la table. Puis il me fixe, me sonde de ses étranges yeux rouges.

Est-ce que je dois y lire un reproche ? Des remerciements ? De la souffrance ? Je n'ai pas le temps de m'interroger. Battant des ailes comme un forcené, le corbeau prend son envol, fonce vers la fenêtre, déchire le rideau et quitte le laboratoire dans un bruit de verre brisé.

Je reste médusé.

Fafnir s'est enfui.

« *Jasper…*

– *Il est parti, Ombe ! Parti.*

– *Fafnir est capricieux.*

– *Je ne sais même pas si c'était lui, dans cet oiseau !*

– *Qui veux-tu que ce soit ?*

– *J'aurais pu choisir un autre support de remplacement, une clé USB par exemple ! Ça lui avait réussi, la dernière fois.*

– *Ce qui est fait est fait, Jasper.* »

Ma sœur tente en vain de me consoler. Je n'arrive pas à envisager sans frémir la désaffection de Fafnir. Mon regard se pose sur la gourmette. Elle a légèrement noirci et le nom d'Ombe a presque disparu sur la plaque argentée.

« *Je suis désolé, Ombe. En plus, j'ai pourri ton bracelet !*

– *Aucune importance. Je ne peux plus le mettre, de toute façon.*

– *Moi non plus. Trop petite. Elle irait peut-être à Nina…*

– *Nina ?*

– …

– *Fais ce que tu veux, Jasp. Ça m'est égal.* »

Nina adorera, je le sais. Parce que c'est un bijou et parce que c'est plein d'émotions…

Est-ce que je m'entends parler ?

Je ramasse machinalement dans un sachet le reste des plantes utilisées lors du rituel et le fourre dans une de mes vastes poches.

« *J'aimerais retourner chez moi, Jasp. Dans mon appartement.* »

Je reste interloqué un moment.

« *Dans ton appartement ? Mais pourquoi ?*

– *C'est la gourmette cramée. Elle m'a donné envie de voir.*

– *De voir…*

– *À quoi ressemblait ma vie.*

– *Un peu macabre, comme idée !*

– *C'est le réanimateur de cadavre qui me fait la leçon ?* »

Inutile de discuter, je n'ai pas le cœur à ça.

Je consulte ma montre : il reste assez de temps pour un détour avant de me rendre (le verbe idéal) rue du Horla.

7

Je n'arrive pas à détacher mes pensées de Fafnir et de sa fuite.

Ce sortilège atypique n'a jamais eu un comportement normal. Né dans une cave, il a passé son enfance dans une clé USB, son adolescence dans un bijou en forme de scarabée et a prématurément vieilli dans une gourmette.

C'est sur le terrain qu'il a gagné ses galons d'acolyte attitré. Espion et bagarreur, rien ne lui a jamais fait peur : ordinateurs infestés de mauvais sorts, manoirs remplis de vampires, appartements dévastés par la magie noire, souterrains hantés par les lycans… Il m'a sauvé la mise plusieurs fois.

Il me manque affreusement.

« I'm a poor lonesome crow-boy », chantonnais-je tristement il n'y a pas longtemps, avant de me rendre dans cette ruelle-tribunal où Nina avait appelé des fantômes à la barre pour me disculper.

Je me surprends à fredonner le même air…

De fil en aiguille, au rythme de mes pas sur le bitume, mes pensées s'envolent, survolent les événements de ces derniers jours.

Ils ont été plutôt rudes : bagarre contre un loup-garou monstrueux, poursuite d'un chamane qui poursuivait le démon qui possédait Walter, jeu des menottes avec un mage noir de colère et un vampire brûlant de se venger, tout ça pour me retrouver suspect numéro un dans le meurtre du Sphinx et découvrir que mon meilleur pote de lycée, Romuald, est un sorcier qui en veut à mort à l'Association !

En plus de ces broutilles, il m'a fallu digérer deux informations capitales et complémentaires qui pèsent lourdement sur mon estomac :

1. Ombe est ma sœur, ma vraie sœur, et je ne sais pas comment.

2. Je ne suis pas celui que je crois être – que tout le monde croit que je suis…

C'est très embrouillé pour moi, mais un faisceau d'éléments convergents m'amène à penser que certaines coïncidences n'en sont pas.

Je vais essayer d'être clair :

Élément numéro un : je suis plus fort et plus résistant qu'avant (je laisse volontairement de côté ma passion soudaine pour *Fear Factory*…) ; il peut s'agir, c'est vrai, d'un effet secondaire de ma fusion avec Ombe. Elle aurait ainsi investi mon essence avec ses propres pouvoirs. Mais quid de la vague de chaleur et de l'étonnante énergie qui m'a débarrassé de mes menottes et de mes agresseurs anormaux ? Nina n'était pas près de moi à ce moment-là, elle n'a donc pu me communiquer sa force. Quant à Ombe, c'est pire : elle ne s'est rendu compte de rien.

Élément numéro deux : les cauchemars qui remontent à la surface et qui ressemblent affreusement à des souvenirs, les souvenirs de moments que je n'ai pourtant jamais vécus ! Dedans, un autre moi danse avec les loups et croque des gladiateurs dans une arène.

Élément numéro trois : Ernest Dryden était membre de la MAD, la Milice antidémon, chargée d'éradiquer les formes démoniaques passées dans notre monde et de terrasser leurs serviteurs. Il a foudroyé Ombe avec un Taser mystique et il a essayé de me tuer, après m'avoir traité de « monstre » et de « mensonge ».

Trois éléments à charge qui offrent au final trois possibilités…

La première : ma mère met dans son thé une substance illicite et je vis depuis quelques mois dans une réalité alternative !

La deuxième : Ombe et moi sommes manipulés par le monde démoniaque, à notre insu, et je ne sais pas comment – ni pourquoi ! C'est cette empreinte démoniaque qui affole les compteurs…

Hypothèse un peu tirée par les cheveux, je le reconnais. En effet, les recherches que j'ai (frénétiquement) effectuées – dans le *In occulto* de Vito

Cornélius – confirment l'impossibilité pour un démon d'agir de cette manière : quand il passe dans notre monde, il perd la plupart de ses pouvoirs ; il est condamné soit à garder une forme nébuleuse fort peu discrète (comme celui que j'ai affronté dans le hangar), soit à posséder un homme (comme celui qui a transformé Walter en marionnette). De plus, l'Association dispose pour détecter les démons et leurs artifices de tests poussés, qu'Ombe et moi avons réussis haut la main.

Alors quoi ?

Il reste la troisième possibilité : la vérité est ailleurs.

Le tout est de savoir où.

En attendant, au fond de moi, affleurant parfois la surface, sommeille quelqu'un d'autre. Ou quelque chose d'autre. De terrifiant.

Comme d'habitude, je reprendrai mes réflexions plus tard.

Dans « procrastination » (qui signifie, mot important quand on est au lycée, remettre au lendemain), il y a « pro » et j'en suis un dans le genre.

8

— La rue Muad'Dib, je murmure.

Je ne pensais pas la revoir.

« *Ma rue, Jasper.*

— *Ta rue, Ombe. Je persiste à croire que ce n'est pas une bonne idée…*

— *Cet appartement, Jasp, est la dernière trace de mon existence. J'ai envie de savoir ce que je vais ressentir.* »

Gaston Saint-Langers écrivait : « Ce qu'une femme veut tous jours obtient toujours. » Je ne sais pas ce qu'en pensait Hiéronymus, mais je n'ai pas besoin d'un troll pour savoir que ce qui est vrai pour une femme l'est doublement pour Ombe.

Donc, je baisse les bras.

« *On monte, alors ?*

— *Tu sais parler aux filles, toi ! Oui, on monte. Si ça ne te dérange pas.*

— *Ça ne me dérange pas. Allez, en route pour une bonne vieille séquence nostalgie !*

— *Tu es bête.* »

Devant son épicerie, Khaled fume une cigarette en se dandinant d'un pied sur l'autre, à cause du froid. Je sens qu'Ombe voudrait parler, mais elle se retient. Ça doit être un vrai supplice de ne pas pouvoir s'adresser aux gens. D'exister pour une unique personne.

Un seul être vous mange et tout est dépeuplé...

Je traverse la rue et m'arrête devant le numéro 45 : une porte en bois vermoulue dont le digicode est hors d'usage depuis une éternité.

Je pénètre dans le hall.

Une odeur d'épices à couscous me saisit à la gorge et ne me lâche plus tout au long des quatre étages que je grimpe sans m'en rendre compte.

Par les antennes de Fafnir... La dernière fois que je suis venu ici, l'Association et la MAD me traquaient et je charriais un sac énorme en transpirant comme un malade ! C'était il y a une semaine – une année.

C'était avant que je sois capable de courir des heures sans m'essouffler.

Avant que je perde la notion du froid et du chaud.

Sur le palier, j'hésite. Comment est-ce que je vais entrer ? Avec un sortilège, un coup de pied dans la serrure ?

À tout hasard, je frappe à la porte, reconnaissable à son *smiley* géant.

Bien m'en prend car j'entends à l'intérieur des bruits de pas.

Grincement du verrou : une jeune fille m'ouvre, le visage bouleversé.

« C'est Laure ! me prévient Ombe. Ma colocataire ! »

La brunante, donc.

« Ça me fait bizarre de la revoir ! J'aimerais pouvoir la prendre dans mes bras, lui dire combien elle me manque…

– Tu as ressenti la même chose en voyant Khaled, hein ? »

Ombe ne répond pas. J'ai touché juste.

Je m'intéresse de plus près à Laure. Laure est très jolie. Plutôt petite, les cheveux longs et le regard noisette. Elle porte un pull jaune fluo, tape-à-l'œil, qui souligne son sourire triste – le fluo, c'est bon pour les dents.

« Ça y est, Terminator ? Tu as fini de scanner mon amie ?

– Du calme, Ombe. Je regarde, c'est tout. Il n'y a pas de mal.

– Ouais. Bas les pattes quand même. Tu es peut-être mon frère mais Laure est presque une sœur. Ça aurait comme un goût d'inceste, à mes yeux.

– Bah, je ne l'intéresse sûrement pas.

– Laure craque facilement pour les garçons. C'est un vrai cœur d'artichaut.

– Ah ?

– Fais gaffe. Je te surveille ! »

Je rassemble mes esprits, avant qu'elle me referme la porte au nez.

– Bonjour ! Je m'appelle Jasper. Je suis… un parent d'Ombe.

Impossible d'employer l'imparfait pour évoquer ma sœurette.

44

– Moi, je m'appelle Laure, répond-elle avec une voix chantante aux accents du Sud, entrecoupée de sanglots. J'étais sa colocataire. Je suis venue récupérer mes affaires.

Derrière elle, deux gros sacs attendent d'être empoignés. Et puis, comme si elle comprenait seulement ce que je viens de lui dire :

– Un parent ? Tu es peut-être son cousin ? Le fils de Walter ?

J'ai besoin de toute ma concentration pour ne pas trahir ma surprise.

– Vous… Tu connais Walter ? je demande en basculant sur le tutoiement (au risque de me faire tue-moi-yer par Ombe).

– Ombe m'avait confié le numéro de téléphone de son oncle Walter, acquiesce Laure en hochant la tête. Je sais que ce n'est pas son vrai oncle mais le frère de la responsable de son dernier foyer d'accueil – parce que Ombe est orpheline, hein ? Je sais aussi qu'elle ne s'entendait pas toujours très bien avec lui. Mais c'est la personne qu'Ombe m'a demandé de contacter en cas de malheur.

Laure reprend son souffle avant de terminer :

– Elle ne m'a, par contre, jamais parlé de toi…

– Ça ne m'étonne pas, je réponds en prenant l'air gêné. Elle ne m'adresse plus la parole depuis que j'ai essayé de la voir toute nue dans la salle de bains. J'avais douze ans ! je me crois obligé de préciser devant son regard désapprobateur.

« *Très amusant, Jasper !*

– *Presque autant que l'histoire d'oncle Walter…*

– *C'est mes oignons, pas les tiens.*

– *Que tu le veuilles ou non, c'est aussi les miens, maintenant.* »

– Tu es venu débarrasser sa chambre ? me demande Laure en battant des paupières. Oh, je n'arrive pas à y croire ! C'est si terrible, si soudain ! Si… stupide ! Combien de fois je lui ai répété d'être prudente avec sa moto !

– Tu as appelé son oncle, je veux dire mon père, n'est-ce pas ? je comprends tout à coup.

– Oui, oui. Je lui ai dit que j'avais rendu l'appartement, que je ne pouvais plus rester. Qu'il fallait venir chercher les affaires d'Ombe. Lucile a déjà vidé sa chambre. Elle a disparu, je n'ai plus de nouvelles, impossible de l'avoir au téléphone.

« *Ben tiens ! Tu parles d'une traîtresse ! Si je la tenais, celle-là !* »

– Je suis désolée de ne pas m'être chargée moi-même du déménagement, enchaîne Laure. C'était trop dur !

Elle peine à retenir ses larmes. Je m'approche et lui offre mon épaule, sur laquelle elle s'empresse de s'effondrer.

– Je comprends, je comprends, je répète en lui tapotant le dos pour la réconforter. Ne t'inquiète pas, je vais m'occuper de tout.

– Oh, merci beaucoup ! dit-elle en s'arrachant

de moi à regret et en m'offrant un sourire adorable. Je dois y aller. Je te laisse mon numéro de portable, n'hésite pas à m'appeler. On ira boire un verre, on parlera d'Ombe. On se consolera.

— Je n'hésiterai pas ! je réponds en prenant le papier qu'elle me tend et en réprimant une bouffée de chaleur suscitée par deux-trois images associées à cette histoire de consolation mutuelle.

« Docteur Jasper et Mister Love !

— C'est pas drôle, Ombe.

— Allez, jette ce papier. Je t'ai dit que je ne voulais pas que tu touches à Laure.

— Mais elle a manifestement env… besoin d'être consolée !

— Tu veux que je chante à tue-tête dans ton crâne le répertoire intégral de Fear Factory ?

— Stop, regarde ! Je fais une boule du numéro et je le jette ! »

Une grande sœur, ça n'a pas que des avantages.

9

Laure partie et Ombe calmée, je referme la porte.

Le petit salon n'a pas bougé. Le canapé sur lequel je me suis effondré la dernière fois est toujours là, ainsi que la table basse. L'appartement était loué meublé.

En me dirigeant vers la chambre d'Ombe, identifiable au poster « Million Dollar Baby » scotché sur la porte, je jette un coup d'œil dans celles de Laure et de Lucile : les armoires sont vides, les murs sont déserts, les lits sont nus.

Chez Ombe, par contre, rien n'a changé.

La pièce, sous les toits comme le reste de l'appartement, est basse de plafond.

Sur le lit, la couette est toujours froissée.

Le sac de frappe, accroché à une poutre, ressemble à un pendu. La paire de skis et le matos d'escalade, qui lui tiennent compagnie, ont l'air de s'ennuyer ferme.

L'armoire, au fond, est fermée.

Sur les rayonnages de la bibliothèque, les ouvrages en anglais, en espagnol et en russe n'ont pas bougé.

Pas plus que le coffret recouvert de velours défraîchi dans lequel se trouvait la gourmette d'Ombe.

Sur le mur, les photos commencent à se décoller. Le drapeau multicolore, lui, s'affaisse dangereusement.

La fenêtre est ouverte.

Par terre, à proximité d'une robe roulée en boule et d'un réveil qui clignote, l'ordinateur portable – éteint – dans lequel Fafnir a batifolé.

« Ça va, Ombe ?

– Comment veux-tu que ça aille ?

– J'en sais rien. J'avais juste besoin de dire quelque chose. »

J'attends un moment avant de poser la question suivante :

« Alors, qu'est-ce que je prends ?

– Aucune idée.

– Comment ça, aucune idée ?

– Je pensais que je saurais immédiatement ce qui est important. Mais tout me semble lointain. Sans intérêt. Même le sac sur lequel je me défoulais et que je finissais par serrer dans mes bras.

– C'est plutôt positif, Ombe. À quoi bon s'attacher à des objets que tu ne peux plus posséder ?

– C'est idiot, mais ces objets sont tout ce qui me relie au monde. À part toi, bien sûr.

– Je n'avais pas vu ça sous cet angle.

– D'un autre côté, ta vision est intéressante. »

Je furète un moment dans la pièce, en espérant déclencher une réaction chez Ombe.

Alors que je m'approche de l'armoire bancale dans laquelle Ombe range sa garde-robe, mon instinct me hurle de reculer. Je m'arrête aussitôt. Par le cor du Gondor ! Mon sixième sens s'est sacrément renforcé !

« Jasper ? Qu'est-ce qui se passe ?

— J'en sais rien mais j'ai peur qu'il y ait autre chose que des vêtements dans ton armoire. »

Comme pour me donner raison, la porte du meuble s'ouvre de l'intérieur et une silhouette en jaillit.

Une silhouette familière.

10

Ombe se tient devant moi, ramassée sur le sol et prête à bondir.

Je reste pétrifié.

– Ça alors…

Bon sang, je ne rêve pas ! C'est Ombe !

Silhouette fine et athlétique, cheveux blonds coupés court et coiffés en pétard, yeux grands ouverts.

Quelques détails incongrus attirent mon attention : elle arbore une tenue gothique sexy où prédominent le cuir et le métal, un maquillage sombre et outrancier ainsi que des lentilles rouges.

Elle tient dans la main un tee-shirt appartenant à Ombe, un de ceux qu'elle aimait particulièrement.

« *Jasper ? C'est… c'est quoi, ça ?*

– Ben… c'est toi !

– C'est impossible !

– Pour le coup, ça c'est dingue ! »

Un peu léger pour rassurer la vraie Ombe qui se niche en moi. Mais j'ai des excuses ! Cette apparition est la dernière que j'aurais pu imaginer…

– Hé! je lance à la fille tapie sur le sol. Tu es qui? Qu'est-ce que tu fais là?

Elle ne répond pas tout de suite. Elle m'observe en fronçant les yeux, comme si elle fouillait dans sa mémoire à la recherche d'un détail. Une expression étonnée envahit son visage.

– Je m'appelle Ombe, dit-elle avec la voix d'Ombe, avant de brandir le tee-shirt pris dans l'armoire. Je suis venue chercher quelque chose qui m'appartient. Tu comptes m'en empêcher… Jasper?

Entendre mon nom prononcé par cette Ombe-bis me plonge dans un état de réelle confusion.

Elle en profite. Avec une rapidité inhumaine, elle saute sur le rebord de la fenêtre et s'élance dans le vide.

Le temps que je m'y penche à mon tour, elle a disparu.

« *Jasper… C'est un cauchemar, n'est-ce pas?*

– *Un cauchemar? Oui, sûrement.* »

Ou un rêve.

« *Jasper, tu me crois, n'est-ce pas? Tu sais que c'est moi qui te parle? Hein Jasper? Tu me crois, dis!*

– *Je te crois, Ombe. Et plus encore : tu m'as donné plusieurs fois la preuve que tu es réellement celle que tu dis être. Mais cette fille-là…*

– *Elle me ressemble, n'est-ce pas?*

– *Plus que ça, Ombe. Cette fille, c'est toi.*

– *Tu ne peux pas dire ça, Jasper! Je suis unique!*

– *Tu es unique, Ombe. Tu as simplement un double.*

– *Un… double?*

– *Oui, ma vieille. Un double étonnamment ressemblant.* »

Je n'ajoute pas que la fille qui vient de sauter par la fenêtre dégage un truc malsain – au-delà de son ridicule déguisement de vampire.

Je ne lui avoue pas non plus que si elle m'avait ouvert ses bras, je me serais précipité dedans, sans réfléchir…

« *Jasper ! Tu es là ?*

– *Oui, ne t'inquiète pas.*

– *Tu ne m'abandonnes pas, hein ?*

– *Non, Ombe. Jamais.*

– *Parce que toi, tu peux voir des gens, leur parler, les toucher. Moi, je n'ai que toi. Quand tu te caches dans tes pensées, quand tu m'ignores, quand tu doutes de mon existence, je n'existe plus. Et dans ces moments-là, je regrette de ne pas être morte pour de vrai dans cette attaque au Taser.* »

Il y a des mots qu'on préférerait ne jamais entendre.

« *On est ensemble, Ombe. À la vie, à la mort.* »

Je la sens soupirer. Une tension se défait quelque part.

Maintenant, Ombe pleure. Je le sais quand elle pleure, parce que ça me mouille à l'intérieur.

Je m'assieds sur le matelas et me recroqueville, je la serre en moi, contre moi, je la berce et la rassure, en même temps que je cherche à me rassurer.

Surtout, éviter de laisser mes pensées me submerger.

Parce que soit Ombe a une sœur jumelle, soit Ombe est revenue d'entre les morts…

Je vais avoir des choses à raconter, moi, tout à l'heure, à la réunion de l'Association !

II. Pour s'accorder,
il faut agir de concert…

(Gaston Saint-Langers)

1

– Entre, Jasper. Les autres sont déjà arrivés.

Je ne sais pas pourquoi je reste devant la porte ouverte, sans oser en franchir le seuil. La voix de mademoiselle Rose me parvient du bout du couloir.

La dernière fois que je suis venu, la porte était fermée. Il n'y avait personne. J'ai tambouriné et j'ai failli me faire choper par la mère Deglu.

Ce soir tout paraît normal. C'est comme si rien ne s'était passé.

Comme si le Sphinx arpentait encore l'armurerie au sous-sol.

Comme si la secrétaire des lieux ne s'était pas transformée, le temps d'une bataille, en ange de la mort.

Comme si Walter n'avait pas été possédé par un sombre démon.

« C'est étrange de revenir là.

– J'ai le même sentiment, Ombe. »

Mademoiselle Rose vient vers moi.

– Ils sont dans la bibliothèque, m'annonce-t-elle. On y va ?

Je hoche la tête.

– N'oublie pas, Jasper : tu as promis le silence sur les secrets de l'Association. Officiellement, nous avons réuni les trois stagiaires impliqués dans les événements des derniers jours…

– Officieusement, je la coupe avec impertinence, vous avez réuni le Bureau parisien de l'Association au grand complet. Enfin, Rose ! Nina et Jules se doutent forcément de quelque chose : où étaient les Agents pendant l'enterrement du Sphinx ?

– En mission, Jasper. En mission.

Elle ouvre la porte de la bibliothèque en mettant un doigt sur ses lèvres pour me signifier que le sujet est clos.

Dans la pièce, il y a Walter, Jules et Nina, ainsi qu'un quatrième individu que je ne reconnais pas tout de suite.

Le genre de personne qu'on identifie pourtant du premier coup d'œil mais qu'on ne s'attend tellement pas à rencontrer qu'on refuse d'y croire.

Assise à côté du patron, drapée dans son horrible manteau à carreaux défraîchi, roulant des yeux derrière une épaisse paire de lunettes, se tient… la mère Deglu ! Je déglutis.

« Ben m… alors ! Tu imaginais ça, Jasp ?

– J'ai toujours pensé qu'elle n'était pas Normale. Mais je la rangeais plutôt dans la famille des taupes, goules ou gobelins ! »

– Assieds-toi, Jasper, me dit Walter, sans me laisser le temps de reprendre mes esprits.

J'obéis.

– Tu as vu ? me chuchote à son tour Nina. La mère Deglu ! C'est un Agent !

– Cette fois c'est sûr, je réponds sur le même ton, la fin du monde est proche.

Nina me frôle la main et lève sur moi un regard interrogateur. Je la rassure avec un sourire qui peut aussi bien dire « Tout va bien » que « Je suis content de te voir ».

Puis mademoiselle Rose nous rejoint autour de la table.

– Nous pouvons commencer, dit-elle.

– Bien ! enchaîne Walter. Cette réunion est la première du genre. Mais à situation exceptionnelle, mesures exceptionnelles !

Il s'arrête pour chercher ses mots. On est suspendus à ses lèvres, sauf la mère Deglu, qui se gratte vigoureusement la jambe.

– Hum, hum, reprend-il sous le regard patient de mademoiselle Rose. Il est de mon devoir de vous informer que les événements de ces derniers jours ont déclenché une crise dans l'Association.

Je devine immédiatement que cette histoire a un rapport avec moi. J'ai peut-être, comme Nina, un deuxième pouvoir : semer la confusion partout où je passe…

– Pour aller droit au but, le Bureau central a demandé que Jasper lui soit confié et nous avons refusé, explique-t-il.

Je pensais que Walter tournerait davantage autour du pot !

— Pourquoi le Bureau international s'intéresse-t-il à Jasper ? s'étonne Nina. Et puis d'abord, c'est qui, ce Bureau central ?

— Le Bureau central coordonne l'action de tous les Bureaux nationaux, intervient mademoiselle Rose. Il est installé à Londres. Fulgence est à sa tête. Les activités du Bureau central sont, depuis quelque temps, assez… opaques. Et Fulgence diffuse les informations au compte-gouttes.

— Ce refus de coopérer est la véritable raison de nos frictions avec le Bureau central, continue Walter en se tournant vers moi.

Je prends ça comme un message personnel : mon altercation du matin avec Fulgence n'est pas la seule cause du malaise. Je ne sais pas si je dois m'en réjouir.

— Ça implique quoi, ces frictions ? embraye Jules.

Je sursaute. J'avais déjà oublié qu'il était là ! Son pouvoir, un rien affligeant, a malgré tout un côté impressionnant : devenir invisible à force de discrétion…

— Il est trop tôt pour le dire, avoue Walter.

— Mais pas trop tôt pour prendre des précautions ! précise mademoiselle Rose. Jasper, Jules, Nina, vous quitterez la ville demain matin et vous vous mettrez au vert un moment. Le temps pour Walter et moi de régler cette affaire.

— Au vert ? répète Jules, interloqué.

– Vous voulez nous envoyer où ? demande Nina, intriguée.

– L'Association est en bons termes avec les trolls, dit mademoiselle Rose. Ils vous protégeront des membres de la MAD. Vous rejoindrez donc le clan le plus proche, qui est installé dans le bois de Vincennes. C'est bien cela, Jasper ?

Je manque tomber de ma chaise.

– Euh, oui, je réponds bêtement, tandis que j'imagine Arglaë fronçant les sourcils en découvrant Nina.

– Très bien, termine-t-elle. Jasper, tu conduiras Jules et Nina sur l'Île-aux-Oiseaux demain, à la première heure. Ensuite, Walter et moi tenterons d'obtenir de Fulgence des explications sur son attitude et celle de la Milice.

Je réagis enfin :

– Vous ne trouvez pas ça un peu excessif, cet exil chez les trolls ? On pourrait simplement rester chez nous un ou deux jours ! J'ai énervé Fulgence ce matin, mais ça ne signifie pas que je suis en danger…

– Fulgence te veut, répond Walter. Nous ne savons pas jusqu'où il est décidé à aller, mais il pourrait tout à fait projeter un enlèvement ! Voilà plus de vingt ans que nous le connaissons et il n'a jamais eu ce comportement. En d'autres termes, il pète les plombs… Rose et moi nous raccrochons à l'idée d'une intention supérieure derrière ces actes. Nous voulons la connaître avant de nous forger une opinion définitive. Et de faire des choix qui ne le seront pas moins.

Un enlèvement. Je n'y avais jamais pensé. Jusqu'à présent, la MAD a surtout essayé de me tuer ! Un long frisson me parcourt tandis que je m'imagine attaché sur une chaise, face à Fulgence brandissant des instruments de torture.

Cette perspective m'effraye beaucoup plus qu'une confrontation avec des énervés du Taser…

— Je ne comprends rien à ce que vous dites, déclare Nina en s'emparant de ma main avec autorité. Fulgence en veut à Jasper ? Il pourrait s'en emparer de force ? Mais pourquoi ? Jasper travaille pour l'Association !

Elle s'est à nouveau transformée en protectrice. Je me retiens pour ne pas lui retirer ma main.

— C'est un peu long à expliquer, temporise mademoiselle Rose. Mais les questions que tu te poses, nous nous les posons aussi. C'est parce qu'elles dérangent en haut lieu qu'il faut vous mettre à l'abri.

— Vous pensez vraiment qu'on est menacés ?

— Oui, Nina. À défaut de Jasper, Jules et toi fourniriez un moyen de pression à Fulgence.

— Des otages…, comprend-elle.

— Et que vont dire nos parents ? intervient Jules qui semble (étonnamment !) peu pressé de rencontrer des trolls.

— C'est déjà arrangé, dit mademoiselle Rose sans donner de précisions.

Nina et Jules gardent le silence. La menace brandie par la secrétaire semble cheminer dans leur tête.

– Mme Deglu ne vient pas avec nous ? je m'enquiers sur un ton ironique.

– Mme Deglu est la gardienne de l'immeuble,
déclare mademoiselle Rose.

La gardienne ?

– Parfaitement, bande de morveux, c'est moi qui
ai la responsabilité de ce bâtiment ! confirme-t-elle
de sa voix rauque.

– Il n'y a jamais eu de joueuses de Bingo ! je m'exclame, tandis que mademoiselle Rose lève les yeux
au ciel.

– Vous êtes un Agent pour de vrai ? demande à son
tour Nina, déconcertée.

– Un Agent retraité, bande de vauriens ! Mais j'ai
encore du répondant, alors n'essayez pas de me faire
tourner en bourrique !

La mère Deglu, fausse présidente et ancien
Agent...

On est bien barrés, si on est obligés de racler les
fonds de tiroirs avant même le début des hostilités !

– D'accord, je dis. On ira tous les trois à Vincennes.
Mais dans ce cas, Jean-Lu nous accompagne !

Ça m'est venu comme ça, je ne sais pas pourquoi. L'envie d'avoir près de moi un ami sur lequel
m'appuyer ? De présenter à Erglug un humain qui ressemble à un troll ?

– Jean-Lu ? Pourquoi Jean-Lu ? s'étonne mademoiselle Rose.

– La MAD pourrait avoir envie de l'enlever lui

aussi. C'est mon meilleur ami ! je me justifie en réfléchissant très vite.

Mademoiselle Rose m'observe avant de répondre.

– Tu n'as pas tort. Mais est-il en état de faire le trajet ? Une bagarre avec un loup-garou, ça laisse des traces.

– Il est sorti de l'hôpital hier, complètement rétabli, nous apprend Nina.

Je rougis malgré moi.

Nina a pris des nouvelles de mon ami à ma place.

Elle se rend compte de mon trouble et me décoche un sourire d'apaisement. Nina la parfaite. Qui vient au secours des stagiaires et joue les infirmières avec leurs potes.

– Très bien, soupire mademoiselle Rose. Tu l'emmèneras avec vous. Mais à charge pour toi de le convaincre !

– Merci beaucoup, je réponds. Vous êtes chouette !

Sur ces derniers mots, tout le monde se lève, en ordre dispersé.

La mère Deglu s'attarde avec Walter et mademoiselle Rose dans la bibliothèque. Je prête l'oreille et intercepte des bribes de conversion.

– … bon vieux temps, hein, Rose ?

– C'est vrai, Thérèse. Mais les choses ont changé et…

– Arrête tes pleurnicheries. Elles ont suffisamment coûté au Bureau et…

– J'aurais peut-être dû…

– Allons, Rose, vous connaissez Thérèse. Elle s'est toujours complu dans le rôle de la mère qui…

– … comportement de gamin, Walter !

Puis ils baissent la voix et je n'entends plus rien. Je dévisage une dernière fois la mère Deglu (Thérèse…). Ça, un Agent ?

Qui, en plus, tutoie mademoiselle Rose et Walter ? C'est trop improbable pour être vrai.

– On va boire un café ? propose Jules en me voyant arriver.

– Avec les types de la MAD qui rôdent pour nous enlever ? s'exclame Nina. Tout le monde n'a pas ton pouvoir de transparence, Jules !

– Je vais raccompagner Nina chez elle, je me sens obligé d'ajouter.

Jules a l'air déçu.

– D'accord. À demain matin, alors.

– Rendez-vous place Stéphane-Daniel, sous la statue du Lion d'or, je lui rappelle. N'oublie pas ton sac de couchage.

Il acquiesce et s'engouffre dans l'escalier.

Une fois dans la rue, je jette des regards suspicieux tout autour, mais il n'y a personne. Qui oserait nous attaquer aux abords de l'Association ?

– Merci, Nina, je commence en baissant la tête. Tu n'as pas oublié Jean-Lu, contrairement à moi ! Comme ami, je suis plutôt nul…

– Ce n'est pas ta faute, répond-elle d'une voix douce. Ces derniers temps, tu es ailleurs. Je comprends très bien ! Tu as vécu des moments difficiles. Et puis, on est ensemble, non ? On s'épaule. On s'entraide.

– On est ensemble, tu as raison, je répète sans y croire, en songeant à mon début de flirt avec la coloc d'Ombe, tout à Laure, euh, l'heure. Merci Nina, tu n'étais pas obligée.

– Je me suis occupée de Jean-Lu dans les sous-sols de l'Héliott, on peut considérer que c'est le simple suivi de l'affaire ! dit-elle avec un rire forcé avant de changer de sujet : Cette histoire est étrange, tu ne trouves pas, Jasper ?

– Quelle histoire ?

– Je ne comprends pas pourquoi le grand patron de l'Agence t'en veut à ce point.

– Ah… Je me suis embrouillé avec lui ce matin, j'élude. Il ne semble pas avoir l'habitude qu'on lui tienne tête ! En fait, je crois que ce type m'en veut parce qu'il est jaloux…

– Jaloux ?

– Je suis doué en magie et j'ai une supercopine !

– Idiot ! répond Nina en souriant.

« Pourquoi tu ne lui dis pas ?

– Lui dire quoi, Ombe ?

– Que tu ne veux plus d'elle ?

– Hein ? Qu'est-ce que tu racontes ?

– Arrête de te mentir, Jasper. Ta relation avec Nina est plombée. Tu n'y crois plus.

66

– Tu te trompes ! Elle compte beaucoup pour moi.

– Est-ce que tu l'aimes ?

– Je… Peut-être, oui.

– Tu es lamentable. »

Lamentable ? De peur que la discussion reparte sur le sujet des informations que je possède et que je ne peux pas révéler – ou sur celui autrement plus délicat des sentiments –, j'embraye.

– Nina… J'ai un cadeau pour toi !

« Ne fais pas ça, Jasper.

– Mais je croyais que tu étais d'accord pour…

– Je ne parle pas du bijou.

– Je ne comprends rien à ce que tu dis !

– Tu t'en veux de ne rien éprouver pour elle. Alors tu compenses cette absence de sentiments.

– Pourquoi je ferais ça, hein ?

– Parce qu'elle t'a sauvé la vie, Jasp. »

Quand je sors de ma poche la gourmette d'Ombe, ma main tremble. Il est trop tard pour reculer. Nina m'observe, intriguée.

– C'était à Ombe, j'explique en contrôlant les frémissements de ma voix. La gourmette qu'elle avait quand elle était bébé. Je sais que ça lui aurait fait plaisir que tu la prennes.

Je lis sur son visage parsemé de taches de rousseur et encadré par de beaux cheveux roux les signes d'une vive émotion.

– Jasper ! C'était… ton amie, pas la mienne ! Je la connaissais si peu…

– Elle te connaît, euh, te connaissait mieux que tu ne le crois. En tout cas, moi, j'aimerais que tu la gardes.

Elle hésite en dansant d'un pied sur l'autre.

Elle me regarde et se décide enfin.

– J'accepte, Jasper. Je vais l'arranger pour la porter autour du cou.

Elle prend la gourmette dans ma main, se serre contre moi et me tend ses lèvres. Je me penche pour y poser les miennes. Comme un voleur.

Ombe a raison. Ombe a toujours raison.

Ombe…

Je me rappelle maintenant que j'ai oublié de raconter à Walter et à mademoiselle Rose l'incroyable irruption de l'Ombe-bis, rue Muad'Dib !

2

C'est l'aube et personne ne manque à l'appel.
Nina dans un manteau trop grand pour elle,
mais bien chaud.
Jules sac sur le dos,
    le visage blême.
Jean-Lu égal à lui-même,
    un étrange bonnet à pompon sur les tifs.
Il charrie sa guitare et un ampli portatif,
    en plus de ses affaires.
Moi, j'ai ma besace militaire
    (j'ai oublié de récupérer l'autre rue du Horla),
    mon manteau de gala
    et ma cornemuse
    (c'est toujours moins lourd qu'une arquebuse…).
Les instruments,
À cordes et à vent,
    c'était la condition de Jean-Lu pour venir :
    je me suis laissé fléchir.
Dans les temps de malheur,
    la musique n'adoucit-elle pas les mœurs ?

– Vous êtes prêts à me suivre ?
    je demande à l'assemblée.
– Il faut bien survivre…,
    répond Jules accablé.
Je donne le signal du départ
    à notre bande de fuyards.
Nina se serre contre moi,
    provoquant mon émoi.
Comment les trolls réagiront
    face à cette intrusion ?
J'ai beau être leur frère,
    je sais ce qu'ils préfèrent : être seuls entre eux.
    Et ils peuvent être teigneux !
Qu'est-ce que Hiéronymus a dit ?
Ah oui :
    « Un troll veau meuh que deux tue-l'aura »…
Comprenne qui pourra.
– C'est loin ?
– Une heure au moins,
    je réponds pour abréger
    à Jean-Lu qui regrette déjà de s'être chargé.
Jean-Lu me fait la tête.
Je lui ai pourtant fait la fête !
M'en veut-il de ne pas avoir pris de ses nouvelles
    ou bien est-ce une colère naturelle,
    au souvenir du garou brutal
    qui l'a envoyé à l'hôpital ?
J'espère qu'il va s'adoucir,
    sinon ce ne sera pas une partie de plaisir !

Je regrette déjà de l'avoir emmené avec nous.
Je ne suis pas sa nounou !
– Ça va, Jasper ?
Nina et ses yeux verts…
– On va à l'aveuglette.
– Ça t'inquiète ?
   Les trolls ne sont-ils pas tes amis ?
– C'est un fait admis…
– Et puis mademoiselle Rose a l'air de penser
   qu'on sera là-bas en sécurité.
Nina a raison,
   je me fais trop de mouron.
Métro puis RER
   dedans et sur la terre.
La gare de Vincennes :
   bienvenue dans l'arène !
– Et maintenant ?
– En avant !
Je sais à présent ce qu'éprouvait Gandalf le Gris
   menant par des chemins rabougris
   dans le petit matin
   la communauté de l'Anneau vers son destin…
Jules s'arrête net devant le lac glacé
   et demande d'une voix angoissée :
– On traverse comment ?
– Par un embarquement !
   je déclame péremptoire.
   Au-delà des eaux noires
   c'est l'Île-aux-Oiseaux.

Je m'avance et fouille les roseaux.
Bingo ! aurait pu dire la mère Deglu
    à une époque révolue…
L'embarcation et la paire de rames
    sont l'acte premier du mélodrame.
– Jean-Lu et Jules avec moi !
    Nina dans le prochain convoi,
    j'annonce à ma mie.
Ainsi fut fait comme il fut dit
    et l'eau montant à ras des planches,
    ramant sans heurt dans l'aube blanche,
    je dépose mes compagnons sur l'autre rive.
– J'arrive !
    je rassure Nina en rebroussant chemin.
    Tiens, donne-moi la main !
Un tour en barque avec une fille
    vaut bien quelques coups de godille !
Malheureusement l'heure n'est pas romantique,
    elle serait plutôt apocalyptique…
Obligés pour une erreur de protocole
    de chercher refuge auprès des trolls…
Contraints par un homme nommé Fulgence
    à venir tenter sa chance
    parmi les Anormaux…
Je cherche mes mots,
    tandis que nous touchons terre.
À en croire Walter,
    c'était partir
    ou bien mourir.

Ombe et le Sphinx
– s'ils avaient encore un larynx –
pourraient en témoigner :
les hommes de Fulgence ne nous auraient pas
épargnés…
– Jasper ?
Bonne mère…
Je reconnais cette voix terrifiée.
Pas besoin de vérifier,
c'est Jules le délicat !
– Salut les gars !
Ça c'est pas Jules.
Ni une libellule.
Devant nous surgissant des fourrés,
deux trolls gigantesques semblent se marrer…

« Jasper…
– Oui ma chère ?
– Mademoiselle Rose a dit « se mettre au vert », pas
« se mettre aux vers » !
– Ah bon, tu es sûre ?
– Jasper…
– D'accord, d'accord, j'arrête ! »

3

Analyse rapide de la situation : deux trolls – un mâle bedonnant et une femme aux seins tombants couverts de longs poils – viennent de nous surprendre en train de pénétrer sur leur territoire. Ils sont monstrueux. Et je ne les connais pas. Enfin si, de vue. Je crois.

Pour être franc, rien ne ressemble davantage à un troll qu'un autre troll !

Ils n'ont pas l'air en colère. J'ai du mal, cependant, à déchiffrer le sourire qui s'étale sur leur visage réjoui… Gourmand ? Taquin ?

Je m'avance vers eux tandis que, dans un mouvement inverse parfait, Nina, Jules et Jean-Lu battent en retraite.

Quand j'ai appelé Jean-Lu, hier soir, pour lui proposer cette escapade, il était dubitatif au sujet des trolls. Je crois qu'il imaginait plutôt un truc du genre communauté hippie vivant à la sauvage. Au début, il n'était pas très partant – c'est le moins qu'on puisse dire – pour troquer le confort de sa chambre contre la rudesse d'un séjour hivernal en pleine nature. Il a fallu que je lui mente (un peu) en lui racontant que celui qui l'avait démoli (beaucoup) le recherchait (passionnément), et qu'il valait mieux se mettre au vert un moment (Au verre ? Non, Jean-Lu : au vert…).

Je lui ai promis que Nina serait de l'aventure et il a été rassuré en la voyant ce matin, place Daniel – il n'a émis aucun commentaire sur Jules.

Donc, contrairement à mes camarades stagiaires qui, même s'ils n'en ont jamais croisé, n'ignorent rien des trolls, c'est un vrai choc pour Jean-Lu d'en découvrir deux pour de vrai !

– Bonjour ! je commence en levant les mains en signe de paix. Une grande joie illumine mon cœur, frère et sœur trolls ! Tandis que, partis à l'aurore, nous nous dirigions d'un pas alerte vers le splendide sanctuaire qui…

– Stop ! proteste le troll en levant les yeux au ciel. On sait pourquoi vous êtes ici. L'Association nous a contactés. Inutile de te lancer dans un soliloque interminable !

« Effectivement, ils te connaissent !

– Ferme-la, Ombe. »

– Il y en a une qui t'attend avec impatience, Jasper, poursuit la trolle avec un clin d'œil.

– Ah oui ? je réponds en me raclant la gorge, devinant parfaitement de qui il s'agit (ou elle s'agite, en l'occurrence).

– En route, annonce le troll ventru à mon grand

– et lâche – soulagement. On ne va pas prendre racine ici alors que de la viande est en train de griller dans la clairière !

– De la viande ? s'inquiète Jules tandis que nos hôtes nous invitent à les suivre.

– Des intrus qui n'ont pas eu la chance d'être recommandés par l'Association, je précise avec un soupir appuyé (la frousse récurrente de mon camarade stagiaire me donne envie d'en rajouter).

– C'est qui, cette personne qui t'attend impatiemment ? me demande Nina en écartant les feuillages chargés de rosée.

– C'est sûrement Arglaë, je fais, en essayant de prendre l'air dégagé. La sœur d'Erglug. Une fille plutôt sympa…

J'écope d'un regard noir.

– Je ne t'en ai jamais parlé ?

– Jamais.

Voix glaciale.

Ça va être chaud !

– Jasp ?

C'est au tour de Jean-Lu.

– Ce sont… des trolls, ces… ces gens énormes et poilus ?

– Assurément, ce ne sont pas des danseuses de ballet, je m'énerve devant tant d'évidence.

– Alors… ils existent en vrai ?

– Je te l'ai dit !

– Je croyais que…

– Je t'ai dit aussi – mettant ainsi les points sur les *i* une bonne fois pour toutes – que le monstre qui t'a démonté à l'hôtel Héliott est un loup-garou. Est-ce qu'il faut que je t'en montre un autre pour que tu te décides à me croire ?

– Non, je… Ça ira, termine-t-il, vaincu.

Je suis dur, peut-être, mais certaines révélations sont mieux acceptées quand elles sont brutales.

De plus, il faut que je garde ma diplomatie – et ma patience – pour gérer la rencontre de Nina avec Arglaë.

Enfin, le point positif, c'est que nous sommes à présent en sécurité. J'ai eu, pendant le trajet jusqu'au bois, le sentiment désagréable d'être suivi. Paranoïa ? Peut-être. Mais je plains le Milicien inconscient qui déciderait de poser, sans y être invité, le pied sur cette île !

4

– Fulgence ? Ici Walter. Rose et moi sommes dans mon bureau. J'ai branché le haut-parleur afin que nous puissions intervenir tous les deux. Vous m'entendez ?

– *Je vous entends, Walter.*

– J'en suis heureux. Jusqu'à présent, vous ignoriez nos appels. Vous avez même fait la sourde oreille quand j'ai essayé de vous parler, au cimetière. Quelle évolution !

– *Seuls les imbéciles ne changent pas d'avis.*

– Je suis d'accord avec vous. Alors, allons droit au but : depuis des années, nous entretenons des relations de confiance avec le Bureau central. Nous travaillons sereinement à la résolution des crises touchant le monde anormal, et, hormis les affaires de la MAD que vous gérez seul, nous avons un libre accès à toutes les informations. Malheureusement, cela fait quelques mois que le mécanisme est grippé. Ainsi, nous nous posons beaucoup de questions et ne parvenons pas à avoir de réponses… Fulgence, bon sang ! Expliquez-nous ce qui se passe !

– *Je ne vous dois rien, Walter. Ni à vous ni à votre Bureau.*

– La discussion commence mal…

– *Que tout soit bien clair. C'est vous qui m'appelez. C'est vous qui avez besoin de moi.*

– Je ne crois pas, Fulgence. Comme je vous l'ai dit, nous essayons de vous parler depuis longtemps. Sans succès. Le fait que vous ayez répondu aujourd'hui prouve que vous attendez quelque chose de nous !

– *Puisque nous optons pour la franchise, Walter…, c'est exact.*

– Bonjour, Fulgence. Je voudrais savoir pourquoi la MAD s'en est prise aux Agents stagiaires Ombe et Jasper.

– *Rose… Je suis content de vous entendre.*

– Répondez-moi, s'il vous plaît.

– *Je ne suis pas en mesure de le faire.*

– La MAD est-elle impliquée dans l'assassinat du Sphinx ?

– *Non, Rose.*

– La MAD a-t-elle joué un rôle dans le vol du corps de l'Agent stagiaire Ombe ?

– *Écoutez, Rose, il faut arrêter de mêler la Milice à tous vos problèmes !*

– Puisque vous êtes le chef de l'Association, nos problèmes sont aussi vos problèmes. Pourquoi n'avez-vous pas réagi quand Walter était aux prises avec un démon ?

– *Cela ne vous regarde pas, Rose.*

– J'aime votre style direct !

– *Vous en avez fini avec vos questions sans intérêt ?*

– Ombe est morte, le Sphinx est mort, le monde des Anormaux est en ébullition, et vous trouvez nos préoccupations sans intérêt ?!

– *Je vous dirai tout ce que vous voudrez, Walter, mais à une condition : livrez-moi Jasper.*

– Pourquoi Jasper ? Parce qu'il vous a défié au cimetière, hier matin ?

– *Ça ne regarde que moi. Je veux Jasper. Je vous promets qu'il ne risque rien.*

– Ah bon ? Votre Milicien Dryden a essayé de l'éliminer à plusieurs reprises !

– *Cet homme a outrepassé les ordres qu'il avait reçus.*

– Nous discutons dans le vide, Fulgence, parce qu'il est hors de question que Jasper quitte la ville. C'est un Agent qui dépend de mon Bureau. J'en suis responsable.

– *Réfléchissez, Walter. Le gamin contre la vérité.*

– C'est tout réfléchi.

– *Je vous laisse vingt-quatre heures.*

– Le mufle ! Il nous a raccroché au nez !

– Je ne comprends pas que la situation ait pu déraper à ce point. Bon sang, Rose ! L'Association est en train de voler en éclats ! Une institution vieille de cent cinquante ans !

– À l'évidence, Fulgence tient à garder ses secrets.

– Et nous Jasper ! Heureusement qu'il est à l'abri chez les trolls ! La MAD fouille sûrement la ville à sa recherche.

5

Dans la clairière, quelques dizaines de trolls sont attroupés autour des feux. Une délicieuse odeur de viande grillée emplit l'atmosphère. Jean-Lu se détend en comprenant que, quoi qu'il arrive, on ne mourra pas de faim. Jules, au contraire, se crispe davantage en découvrant le nombre de nos hôtes.

Quant à moi, mon cœur battant la chamade, je cherche des yeux un visage connu. Celui d'Arglaë, jeune et délicieuse trolle contre laquelle j'ai passé ma première nuit sur l'Île-aux-Oiseaux.

On a failli sortir ensemble et il a fallu toute ma force de caractère ainsi que ma grandeur d'âme pour qu'on reste seulement amis – ratant par-là même une occasion unique d'en savoir plus sur les filles, mais échappant au ressentiment musclé d'Erglug...

– Jasper ? Jasper-de-l'Association-stagiaire ?

Je n'ai pas le temps de réagir. Une masse d'un mètre quatre-vingts et de cent kilos me tombe dessus, ou plutôt dans les bras.

– Arglaë !

C'est tout ce que je trouve à dire et elle m'empêche d'être plus loquace en me serrant contre elle.

– Ravi… de… te revoir, je souffle, après qu'elle m'a relâché.

Et c'est vrai.

Sauf que j'aurais aimé que nos retrouvailles se fassent autrement.

Plus tôt.

Et surtout, sans Nina.

– Hum…

Le raclement de gorge de mon amie m'incite illico à retrouver mes esprits. Gérer la crise, vite !

– Arglaë ? Je te présente Nina… Nina ? Arglaë.

Et puis je me tais – et je prie.

La trolle et l'Agent stagiaire se jaugent du regard.

« Je suis contente.

– Contente de quoi, Ombe ?

– D'être là. C'est toujours un grand moment quand un garçon présente son ex à sa copine.

– Moi, ça ne m'amuse pas.

– T'inquiète, je m'amuse pour deux ! »

Arglaë, une ex ? Très terrestre, alors.

C'est elle qui rompt la première l'échange silencieux, avec un léger soupir qui sonne comme une reddition.

– Jasper m'a beaucoup parlé de toi, ment la trolle avec une ébauche de sourire. Tu as de la chance de l'avoir pour compagnon.

Nina réprime à grand-peine un sourire de victoire.

– Il m'a également parlé de toi, ment-elle à son tour. Je suis heureuse de te rencontrer.

Je pourrais très bien ne pas être là (si seulement…), ce serait pareil !

« *Tu ressens encore des trucs pour Arglaë ?*

– *Je ne sais pas, Ombe !*

– *Alors pourquoi tu prends ça tellement à cœur ?*

– *Je ne sais pas, Ombe.* »

Je dois réagir et me sortir de ce piège.

– Ton frère n'est pas là ? je demande à Arglaë dans une tentative de fuite désespérée.

– Il se balade quelque part sur l'île.

Tant pis. Je n'ai plus qu'à prendre le mâle (qui est en moi) en patience et subir jusqu'au bout ces échanges qui ne riment à rien.

Mon salut arrive alors que je ne l'attendais plus et d'une manière imprévisible.

– Mon faux camarade ici présent n'ayant pas pris la peine de nous présenter, je me permets de pallier son manque de savoir-vivre et de m'introduire moi-même : je m'appelle Jean-Lu.

S'avançant, mon ami saisit le poignet d'Arglaë, se penche et y pose ses lèvres, dans un baisemain de grande classe.

– Je suis Arglaë Guppelnagemanglang üb Trans-gereï, répond-elle avec une lueur d'intérêt dans le regard. Et je suis enchantée !

Il faut avouer que Jean-Lu se rapproche des critères physiques trolls (il domine légèrement Arglaë et ne lui rend que quelques kilos) et qu'il ne manque pas d'allure. De plus (inutile de nier, Jean-Lu, je t'ai vu à la piscine), il a des poils dans le dos.

– Et… tu fais quoi dans la vie, je veux dire, en dehors de trolle ? continue Jean-Lu, un peu désarçonné par le regard insistant d'Arglaë et par son sourire appuyé, qui dévoile une impressionnante denture.

– Être troll, c'est un projet de vie qui m'occupe à plein temps, avoue-t-elle d'une voix à la fois langoureuse et moqueuse. Et toi ?

– Euh, je suis au lycée, dans la classe de Jasper. Je suis également musicien.

Son ton est moins assuré, il me jette des regards inquiets.

C'est trop tard, Jean-Lu. Je connais Arglaë, tu lui plais. Elle ne te lâchera pas comme ça. Je parie même que, dans cinq minutes, elle te fera le coup de l'arbre !

Bien décidé à ne pas voir ça, et profitant de la fin du combat de filles debout, j'entraîne Nina en direction des feux.

Après tout, Jean-Lu ignore jusqu'à l'existence d'Erglug. Il sera largement temps pour lui de faire sa connaissance ! À ce moment-là, j'essayerai de me comporter en vrai camarade, en calmant les humeurs de mon frère velu.

Bon, un problème résolu. Enfin, repoussé, plutôt. Et aussitôt remplacé par un autre : Nina décide de bouder.

Ce qu'il y a de bien (ou pas) avec les trolls, c'est qu'ils sont toujours en train de manger. Les feux brûlent en permanence, grillent le gibier et cuisent le pain (les deux composantes, je le rappelle, de la triade culinaire trolle, la troisième étant la bière ; j'ai commis une étude sur les mœurs de mes frères du clan des oiseaux : s'y rapporter pour plus de précisions…). Une trolle mamelue me tend une tranche de viande chaude qui me crame les mains.

J'en propose un morceau à mon amie. Elle secoue la tête, agacée.

– Jasper ?

– Mmmh ?

– Tu es sorti avec cette… trolle ?

J'avale ma bouchée.

– Non, je réponds. On a flirté, c'est tout. Maintenant, c'est une amie. Juste une amie.

Ce qui est la stricte vérité. Pourquoi, alors, est-ce que je me sens coupable du lâche soulagement qui m'envahit ? Parce que si je n'ai rien fait, c'est justement par lâcheté, en brandissant mes sentiments pour Ombe – des sentiments qu'à l'époque je n'avais pas le courage de lui avouer…

Une fuite. Une série de fuites. Une avalanche de dérobades et de non-choix qui me permettent aujourd'hui de passer pour le glorieux chevalier blanc !

Lamentable.

– C'est vrai ? reprend Nina en levant sur moi ses grands yeux.

– Je te jure, je dis en faisant un effort pour revenir dans la conversation. Et maintenant, elle a flashé sur Jean-Lu.

Nina semble rassérénée.

– Ils vont bien ensemble, je trouve, embraye Nina.

– Tu as raison, j'en rajoute, heureux de son revirement. Jeanglug ! Jeanglug Grossbouf berk Papageï !

Elle rit. C'est bien. Hiéronymus n'a-t-il pas dit un jour : « Si tu es gaie, ris donc » ?

Elle rit, donc, et accepte un morceau de ma viande.

« Quand femme mange, femme ange » (Saint-Langers, pour changer).

Ombe a-t-elle raison ? Est-ce que je fais ces efforts pour ne pas blesser Nina ? Parce qu'elle m'a sauvé la vie et que je me sens redevable ? Ou pour nous laisser une chance ?

Ombe m'a demandé si j'avais des sentiments pour Arglaë. Je crois que oui. Mais pas de l'ordre de l'intime. De la même façon que, dans un environnement étranger, la découverte d'un visage familier rassure, il suffit à mon amie trolle d'exister. Elle appartient à cette constellation qui éclaire mon ciel personnel. Comme Jean-Lu, mademoiselle Rose et Walter. Et ma mère. Et Nina ?

Poser une question, c'est déjà y répondre…

6

– Walter ? Je voudrais vous montrer quelque chose.

– Rose ? Bon sang, mais vous êtes toute pâle ! Qu'est-ce qui se passe ?

– J'ai dû pratiquer une forme de magie dont je n'ai plus l'habitude. Ça m'a épuisée. Quant à ce que j'ai découvert…

– Asseyez-vous, Rose. Prenez quelques minutes pour récupérer. Bien. Alors, qu'avez-vous découvert ?

– J'ai essayé de pirater l'ordinateur central de l'Association.

– Je n'y aurais jamais pensé !

– Je sais, Walter. Vous êtes de la vieille école !

– N'exagérez pas, nous avons presque le même âge.

– Je vous taquine, Walter.

– Et moi je marche, bêtement… Continuez, Rose.

– J'ai réussi à contourner les systèmes de défense, très efficaces d'ailleurs – bravo aux informaticiens de l'Association ! J'ai utilisé le sortilège du Maître du Donjon. J'entre dans les détails ?

– Inutile, je vois très bien de quoi il s'agit.

– Mon objectif était de dénicher des ordres de mission impliquant la MAD dans les affaires qui nous concernent…

– La MAD et Fulgence.

– Avec un flagrant délit de mensonge du grand patron, on aurait su à quoi s'en tenir, non ?

– Vous avez trouvé ces documents !

– Rien d'officiel, malheureusement. Par contre, dans l'ordinateur personnel de Fulgence, je…

– L'ordinateur de Fulgence ?

– Ne soupirez pas, Walter.

– Je ne soupire pas, Rose.

– Dans les dossiers de Fulgence, donc, j'ai découvert ce courrier. Lisez plutôt :

Chère Lucile, cher Romuald,

C'était votre première mission et vous l'avez brillamment réussie ! Montée de main de maître, parfaitement menée ! La formation que vous avez reçue porte enfin ses fruits.

Si la tâche à accomplir reste grande, avec vous à mes côtés, je me sens désormais plus fort.

La décision de tuer le Sphinx n'a pas été facile à prendre. Mais il fallait à tout prix que l'Ennemi soit neutralisé et c'est chose faite, maintenant qu'il est accusé de ce forfait. Nous pouvons nous concentrer à nouveau sur l'essentiel : le renforcement de la Barrière…

Je ne suis pas en mesure de vous féliciter moi-même.
Je dois rester à l'abri pendant quelque temps encore. Mais
sachez-le : je suis très fier de vous !

Fulgence

– Walter ? C'est vous qui êtes pâle, maintenant.

– Rose, je… C'est terrible !

– Bien plus que ça, Walter. Fulgence a commandité le meurtre du Sphinx ! Vous mesurez ce que ça implique ?

– Il est de mon devoir, Rose, de vous rappeler qu'un simple courrier électronique ne constitue pas une preuve.

– Je sais. J'ai commis une erreur sous le coup de l'émotion en accusant Jasper, je ne la renouvellerai pas. J'aurais dû mener une véritable enquête. Mais les informations contenues dans ce courrier sont troublantes !

– Extrêmement troublantes ! Prenons les éléments dans l'ordre. Un : Fulgence aurait formé des agents en dehors du cadre de l'Association et les aurait infiltrés dans l'entourage d'Ombe et de Jasper. Deux : Fulgence se sentirait investi d'une importante tâche à mener. Trois : il n'aurait pas pris la décision de tuer le Sphinx de gaieté de cœur. Quatre : son objectif final resterait de neutraliser un Ennemi, ultime si on considère la majuscule…

– Ennemi qui pourrait être Jasper, puisque Fulgence se réjouit qu'il soit accusé de ce crime ! Même si je ne comprends pas pourquoi Jasper effraye tant le chef de l'Association.

– Se réjouirait, Rose. L'emploi du conditionnel s'impose.

– Ce qui n'est pas clair, en revanche, c'est cette phrase : « *Nous pouvons nous concentrer à nouveau sur l'essentiel : le renforcement de la Barrière.* » Ça ne colle pas. Tuer le Sphinx, c'est affaiblir la Barrière, pas la renforcer !

– À croire Fulgence, pourtant, neutraliser Jasper contribuerait à consolider la Barrière. Ça ne vous semble pas étrange ?

– Et pourquoi Fulgence devait-il rester caché ? De quoi avait-il peur ?

– En guise de réponses, Rose, nous avons surtout récolté de nouvelles questions !

– Pas tout à fait, Walter. Nous avons au moins l'explication de l'acharnement de Fulgence contre Jasper. Si Jasper est à ses yeux l'Ennemi, on comprend mieux pourquoi il a lancé la MAD plusieurs fois sur lui. Et pourquoi il exige qu'on le lui livre aujourd'hui.

– La dispute de ce matin ne serait alors pas une cause mais un dénouement…

– Et Jasper, en s'opposant à Fulgence, a confirmé la menace qu'il représenterait à ses yeux !

– Qu'est-ce que Jasper nous cache, Rose ?

– Sincèrement, Walter ? Je n'en ai pas la moindre idée.

7

Tandis que Nina disserte avec une matrone trolle sur les bienfaits des crudités, je déambule au hasard, m'enfonçant sous les arbres à la recherche d'un peu de solitude. Ma tentative pour démêler mes sentiments m'a flanqué un bon coup de blues et j'ai besoin d'être seul pour la digérer.

Je profite par ailleurs d'une tranquillité devenue rare en ce moment. Franchement, qui aurait pu penser qu'on se sentirait en sécurité au milieu des trolls ?

Une main énorme se pose sur mon épaule.

Je sursaute et, poussé par un réflexe que je ne croyais pas posséder, me retourne avec vivacité, prêt à en découdre.

– Bonsoir, jeune mage nerveux ! Je suis trollement content de te voir.

– Erglug !

« Erglug ? »

Erglug. Trois cents kilos de muscles, deux mètres de hauteur, large comme une armoire à glace et puissant comme une tractopelle, une denture à faire pâlir de jalousie un *alien* et un pagne en peau de bête duquel nul n'oserait se moquer.

Mon ami troll, goinfre et philosophe, se tient devant moi et je me rends compte à ce moment précis combien il me manquait.

Je me jette dans ses bras.

– Eh bien, en voilà des manières ! commente Erglug d'une voix moqueuse. Mais il vrai qu'Alcuin disait de l'amitié qu'elle est la similitude des âmes. Ou des ânes, je ne sais plus !

Il s'esclaffe bruyamment et je l'accompagne de mon petit rire d'humain.

– L'Association a eu raison de t'envoyer ici, reprend Erglug plus sérieusement. Des trolls montent la garde sur les rives. Je revenais de patrouille. Crois-moi, ceux qui en ont après toi passeront un mauvais quart d'heure s'ils essayent d'aborder !

– Je ne suis pas venu seul, tu dois le savoir. Il y a aussi un ami et deux Agents stagiaires. L'un de ces Agents est une fille. Elle s'appelle Nina. C'est aussi ma… ma copine.

– Casanova ! éructe le troll en ponctuant sa sentence d'une claque dans le dos (aïe). Tant mieux, tant mieux. Je n'aurai pas besoin de surveiller ma sœur. Ni de te dévorer l'épaule.

– Oui, ah, ah ! je manque m'étouffer en pensant à Jean-Lu.

– Parler de ton épaule m'a donné faim. Allons

rejoindre les autres près des feux. Tu me présenteras ta doulce amie.

– Tu t'arrêteras en route pour te caler l'estomac avec deux ou trois morceaux de viande ! Ça me rassurera…

Nouveau rire tonitruant.

– Tu m'as manqué, jeune mage hilarant !

On ne fait pas trois pas avec Erglug que le pire déboule devant nous. En la personne de Jean-Lu, béat, tenant dans sa main celle d'Arglaë.

Une Arglaë affichant un air provocateur.

Mon compagnon troll n'a pas eu le temps d'avaler quelques quartiers de viande pour calmer sa faim…

Je me précipite.

– Erglug, je te présente Jean-Lu, l'ami dont je te parlais. Jean-Lu, voici Erglug, le grand frère d'Arglaë !

Je détache mes derniers mots en roulant des yeux et en lui enjoignant de lâcher la main de la trolle. Mais cet imbécile enamouré n'a d'yeux que pour sa belle qui s'empresse de lui faire le coup des battements de cils.

Erglug s'est mis en mode grognement. Ses yeux sont injectés de sang. Il serre les poings. Par les poils de Golum ! Je vais devoir intervenir magiquement et il va me détester !

Peste soit de l'amour, des filles et des problèmes qu'entraîne leur conjugaison…

Mais au moment où je commence à incanter une formule d'action rapide en runique (les trolls sont terriblement sensibles à la magie), Jean-Lu débloque la situation.

Follement – superbement – inconscient, il lâche Arglaë et tombe dans les bras d'Erglug – qui s'attendait à tout, je crois, sauf à ça.

« *J'ai dû rater un paragraphe pendant le séminaire sur les trolls…*

– *Tu avais tes écouteurs vissés dans les oreilles.*

– *Jasper ! Tu m'observais ?*

– *Évidemment. Tu peux me laisser me concentrer ? Jean-Lu a besoin de moi.* »

– Le frère d'Arglaë ! s'exclame cet idiot. Elle m'a tellement parlé de vous !

Ben tiens.

– Je suis si content de faire votre connaissance, continue Jean-Lu benoîtement. Je n'ai pas de frère ! Vous tombez du ciel !

L'instant de surprise passé (je dois avouer que j'ai cru, l'espace d'une seconde, qu'Erglug se laisserait désarçonner), l'irascible grand frère bousculé dans son honneur reprend du poil de la bête. Il attrape Jean-Lu par le col et il le soulève de terre, d'une seule main.

– Tu as touché ma sœur ?

« *J'adorerais que mon frère fasse ça. Tu le ferais à mes copains, Jasp ?*

– *Ferme-la, Ombe.* »

Heureusement, Jean-Lu est plus occupé à essayer de respirer que de répondre, aussi n'aggrave-t-il pas son cas par quelque parole malheureuse.

Pour la deuxième fois, je m'apprête à intervenir.

Mais Arglaë s'approche de son frère et lui murmure à l'oreille :

– Ne l'abîme pas, il m'a promis un concert.

Erglug fronce les sourcils. Comme si Jean-Lu pesait une plume, il l'envoie valdinguer à trois mètres.

– Un concert ? répète le troll étonné. Ici, dans la clairière ?

– Jasper et lui ont monté un groupe. Jean-Lu m'a promis qu'ils joueraient.

Erglug tourne sa grosse tête vers moi afin que je confirme. Ce que je fais, tout en aidant mon camarade à retrouver son souffle.

Je commence à comprendre pourquoi l'Association choisit avec soin ses stagiaires : en trois jours seulement, Jean-Lu s'est fait ratatiner par un garou et par un troll…

– En réalité, je dis pour doucher le dangereux enthousiasme qui est en train de gagner les deux poilus, on est trois dans le groupe. Il manque Romu, et donc je crains, trois fois hélas, que ça ne soit pas possible de…

– Il vous manque un bassiste, me coupe Arglaë aux anges. Pas de problème, je prendrai sa place !

– Tu joues de la basse ? je m'étonne à mon tour.

– Elle a fabriqué la sienne avec des os de vampire et des tendons humains ! rugit Erglug. Son instrument est célèbre dans tout le monde troll !

Puis, baissant d'un ton :

– D'accord, sœurette, je le laisse vivant. Et entier. Pour l'instant ! Mais s'il essaye encore de poser la main sur toi…

Arglaë trépigne et embrasse Erglug sur la joue.

– Merci, merci ! Tu es génial !

Puis elle se tourne vers Jean-Lu en battant des mains :

– Allez, mon choupinou, pas de temps à perdre ! On a plein de choses à préparer !

J'ai bien entendu choupinou ?

« Elle a bien dit choupinou ? »

Sans commentaire. Juste un long frisson…

Je me penche sur Jean-Lu, qui a fini de tousser.

– Qu'est-ce qui t'a pris de parler d'*Alamanyar* à Arglaë ? je le gronde. On va faire un bide et ils seront furieux.

– Elle est… sublime, pas vrai ? râle Jean-Lu avec le même sourire niais, comme s'il n'avait pas entendu un mot de ce que je lui disais. C'est ma muse, une inépuisable source d'admiration et d'inspiration !

– Une source, ouais, je réponds. Une vraie source d'emmerdes…

8

— Malgré le côté dramatique de la situation, Rose, j'ai l'impression de rajeunir de vingt ans ! De revivre une époque impétueuse et folle, remplie d'inattendu ! Vous vous rappelez ?

— Vaguement.

— Batailles, affrontements, danger ! Vous, moi – et le Sphinx !

— On peut se concentrer sur le courrier que nous devons envoyer ?

— Vous n'êtes pas drôle, Rose.

— Personnellement, Walter, je ne vois aucun motif de l'être.

— Je sais que l'heure est grave, mais rien ne nous oblige à tirer une tête de cent pieds de long ! Nous sommes ensemble, encore une fois. C'est une première raison de nous réjouir.

— Il manque le Sphinx…

— Je vous l'accorde. Mais même absent, il se débrouille pour être là… N'est-ce pas, Rose ?

– Nous refaisons le passé, Walter, ou bien nous nous intéressons au présent ?

– Si seulement il pouvait être refait… Bon, d'accord, je lis :

À Fulgence, *directeur de l'Association*
Copie à : Bureaux de Bruxelles, Berlin, Florence, Madrid, Moscou, Perth, Buenos Aires, Bon Temps, Salem, Shippagan…

– Je vais avoir droit à la liste entière ?

– Hum. Bref, les Bureaux nationaux de l'Association recevront tous une copie de la lettre. Je continue ?

– Continuez, Walter.

Par les pouvoirs statutaires qui me sont conférés et au regard des éléments graves dont je dispose – voir dossier joint –, je réclame la réunion extraordinaire des directeurs nationaux, pour le bien de notre Organisation. Cette assemblée devra se tenir dans les vingt-quatre heures. Conformément aux obligations statutaires, Fulgence nous adressera par retour du courrier la confirmation de cette réunion ainsi que le lieu et l'heure où elle se tiendra.

Je vous souhaite à toutes et à tous une bonne journée, à l'ombre de la Grande Barrière.

Walter, directeur du Bureau de Paris

– C'est très… officiel.

– Autant rester discrets sur le fond, Rose. Il ne me reste plus qu'à apposer mon sceau et à scanner le document.

– Sans oublier de croiser les doigts !

– Sans oublier de croiser les doigts…

9

La vie se résume-t-elle à une succession de déjà-vu ? C'est la question que je me pose, alors que je dresse ma haute silhouette aristocratique et ténébreuse sur un podium, une foule à mes pieds, ma cornemuse mâlement embouchée.

Une dizaine de jours plus tôt, dans la salle du *Ring*, devant un parterre de jeunes conquis (qui quoi ? qui aiment le rock, Bleck !), on avait cassé la baraque – au bas mot. Avant qu'Ombe ne casse l'ambiance par un coup de fil impromptu. Et qu'un troll essaye de me casser la gueule.

D'accord, le *Ring* n'a rien à voir avec la clairière de l'Île-aux-Oiseaux. En guise d'estrade, un plancher construit à la hâte avec des rondins grossièrement assemblés. En guise d'enceintes, l'ampli portatif minuscule apporté par Jean-Lu, sur lequel l'amoureux transi a branché sa gratte et son micro. En guise de Romu, Arglaë, une guitare basse monstrueuse dans les mains, manche en os de vampire, caisse en crâne de je-ne-sais-quoi et cordes en tendons humains. Mais l'impression reste la même : un mélange de trouille et d'excitation.

« *C'est la première fois que tu m'emmènes à un de tes concerts, Jasper.*

— *Celui-ci n'est pas très représentatif. D'habitude, je…*

— *Plus je te connais, Jasp, plus je pense que le mot habitude ne te convient pas.*

— *Tu as raison. Il faut du temps pour se constituer des habitudes et je n'en ai pas eu beaucoup jusque-là.*

— *Moi encore moins.*

— *Désolé. Je ne voulais pas…*

— *Arrête de t'en vouloir à chaque fois que tu dis un truc qui me donne l'impression d'être vivante ! Dis, Jasp, tu as peur ?*

— *Peur ?*

— *Peur de jouer.*

— *C'est-à-dire que le public troll est plutôt difficile.*

— *Alors fais comme s'il n'y avait pas de trolls. Joue pour moi, Jasper. Tu veux bien ?*

— *Pour toi ?*

— *Juste pour moi. On s'en fout des autres. Regarde-toi, regarde-moi et réfléchis à ce qu'on a vécu ce mois-ci. Nos vies ne sont pas ordinaires, Jasp. Deviens ton propre miroir. Tu as gagné ce droit. Tu l'as payé au prix fort.* »

Ombe soupire. Je comprends que c'est à elle, autant qu'à moi, qu'elle s'adresse. Mon propre miroir. Ma sœur a raison : l'unique droit qu'on gagne, quel que soit le prix qu'on y a mis, c'est celui de se regarder en face.

Seulement, je ne suis pas sûr de vouloir le faire.

Jean-Lu se tourne vers moi pour savoir si je suis prêt.

Mon regard balaye le public.

J'aperçois Nina. Elle m'adresse de grands signes. Elle a l'air très excitée. À côté d'elle, Erglug sourit de ses innombrables dents. Il m'a promis de la protéger si le concert virait à l'émeute.

Je prends une inspiration et hoche la tête à l'intention de Jean-Lu, qui s'empare du micro.

– Cher public! lance-t-il d'une voix forte devant la cinquantaine de trolls en train de bâfrer au pied de l'estrade. *Alamanyar* est heureux de jouer pour vous aujourd'hui!

Une mince clameur dénuée d'enthousiasme monte de l'assemblée et je me demande si Erglug ne m'a pas (encore une fois) menti : peut-être est-il le seul troll à aimer la musique rock!

Lors de mon dernier séjour sur l'île, j'ai eu l'occasion d'assister à une fête où les trolls, déchaînés, dansaient au rythme d'un gros tambour et d'une flûte taillée dans un tibia de lycan. Pas franchement le genre de musique qu'on s'apprête à jouer!

Jean-Lu gratte quelques cordes et s'éclaircit la voix.

« Je veux chanter la beauté
D'une fill' bell' comme la nuit
Membre d'une communauté
Qui délivr' des sauf-conduits... »

Le bougre improvise. Il s'en sort plutôt bien.

C'est le moment que choisit Arglaë pour nous rappeler que c'est elle, et non plus Romu, le troisième membre du groupe.

Elle se jette à genoux en poussant un hurlement sauvage.

Je manque de lâcher ma cornemuse.

Puis elle pince les tendons de sa basse et part dans un solo hallucinant. Elle n'est raccordée à aucun ampli mais le son est hyper-puissant.

Jean-Lu est ravi. Scotché. Il hurle à son tour et arrache à sa guitare des accords de malade.

Le public troll commence enfin à réagir.

Un morceau de gigot me loupe de peu et je vois passer au-dessus de ma tête une branche d'arbre grosse comme ma jambe.

Jean-Lu et Arglaë subissent le même traitement, dans la plus parfaite indifférence ; mon ami parce qu'il est plongé dans sa musique et la contemplation extatique de sa muse, la bassiste frénétique parce qu'elle semble follement s'amuser.

J'hésite, quant à moi, à me faire une opinion : enthousiasme, mécontentement ?

Les paroles d'Ombe trottent dans ma tête : faire ce qui nous semble bien, sans tenir compte de l'opinion des autres (enfin, un truc du genre).

Je m'avance d'un pas résolu, gonfle le sac et lance une note puissante. Pour contrer la bombarde, il n'y a aucun autre instrument qu'un tel accord n'amuse…

J'assiste alors à un triple miracle : Arglaë cesse de jouer, Jean-Lu me regarde enfin et le public arrête de nous jeter des projectiles.

Partout, des yeux ronds.

J'ai la réponse à ma question : les trolls n'ont jamais entendu de cornemuse.

Je ferme les yeux et me laisse emporter par la musique de mes bourdons.

Ombe, je te dédie ce morceau…

« Je veux chanter la beauté
D'une fill' bell' comme la nuit
Que la magie m'a confiée !
C'est un bout, une bougie,
Qui brûle et embrass' mon cœur,
Une mélodie légère.
On m'a donné une sœur,
C'est contr' mon âm' que j'la serre… »

La dernière note résonne dans le silence absolu, extérieur et intérieur.

Mon cœur bat plus vite.

« Jasp… Je t'aime.

– Je t'aime aussi, Ombe. »

Lorsque je rouvre les yeux, je découvre les trolls figés devant l'estrade, affichant un sourire radieux.

– Par la barbe de Hiéronymus, Jasper ! s'exclame Arglaë en se jetant sur moi. C'était magnifique !

– Tu as assuré, vieux ! confirme Jean-Lu, ému, en me prenant contre lui à son tour. C'était géant !

Heureusement les autres, en bas, ne se sentent pas

obligés de me manifester leur ferveur en venant me broyer dans leurs bras.

Alors que l'on quitte l'estrade pour rejoindre notre public, un groupe de trolls déboule dans la clairière, déclenchant une vive agitation.

Je joue des coudes pour m'approcher et je découvre sur le sol, sanguinolents, les corps sans vie de trois Miliciens.

— Ils ont essayé de débarquer à bord d'un canot en plastique, explique le chef du groupe à Erglug, qui vient de me rejoindre avec Nina. Il y en a sûrement d'autres dans les bois. Et ce n'est pas tout…

L'effervescence retombe pour laisser la place à une froide colère. Les trolls détestent être dérangés.

— Il y a des magiciens avec eux, termine le chef de la patrouille. J'ai clairement senti leur présence de l'autre côté.

Un frisson parcourt nos hôtes.

— Jasper ? s'inquiète Nina qui a du mal à détourner le regard des corps allongés. Qu'est-ce qu'on fait ?

Elle tremble. Je la serre contre moi et je réfléchis très vite. Trolls contre MAD, je mise mon intégrale des *Doors* sur les trolls. Trolls contre mages, par contre, je ne mets pas une blague Carambar dans la corbeille… Nous n'avons pas le choix : il faut rentrer et chercher refuge rue du Horla.

— Je vais appeler mademoiselle Rose, je dis simplement, comme si c'était une formule magique qui avait le pouvoir de tout résoudre.

10

— Allô, Rose ?

— Jasper ?! Qu'est-ce qui se passe ?

— Les trolls viennent d'intercepter trois membres de la MAD armés jusqu'aux dents qui essayaient de pénétrer dans l'île !

— Bon sang ! Mettez le haut-parleur plus fort, Rose, j'entends mal !

— Du calme, Walter. Nos stagiaires ne risquent rien. Ils sont sous la protection des plus puissants des Anormaux.

— Justement, Rose… Un troll a senti la présence de mages dans les bois. C'est pour ça que je vous appelle. L'intervention de la magie peut changer la donne !

— Des mages ? Mais enfin, il n'y a jamais eu de mage dans la Milice !

— Il faut croire, Walter, que nos renseignements sont cruellement incomplets. Jasper ? Tu m'entends ? Il y a un bruit terrible autour de toi !

— C'est un troll qui essaye de jouer de la corne-muse… Attendez, je m'éloigne.

– Jasper, vous n'êtes plus en sécurité là-bas. Vous devez rentrer tout de suite. Demande à tes amis trolls de vous escorter jusqu'à la lisière du bois. Walter et des Agents auxiliaires vont venir vous récupérer. Si par malheur vous tombez sur un mage, je compte sur toi !

– Sur moi, Rose ?

– Tu es capable de tenir tête à un mage, Jasper, rappelle-toi. Ne traînez pas en route ! Je prépare votre arrivée.

– Pourquoi moi, Rose ? C'est plutôt vous, la femme de terrain !

– J'ai besoin de temps pour organiser la défense de notre Bureau et transformer cet immeuble en forteresse. Les Miliciens se feront sûrement – je l'espère – semer par les trolls dans la forêt, mais ça ne les empêchera pas de remonter la trace de Jasper jusqu'ici. En plus…

– En plus ?

– En plus, Walter, ça vous rappellera votre folle et impétueuse jeunesse ! Allez vite vous préparer, il y a des stagiaires à récupérer.

III. La meilleure défense reste souvent la traque…

(Gaston Saint-Langers)

1

Mademoiselle Rose nous attend dans l'encadrement de la porte.

Est-ce la tenue de walkyrie qu'elle arbore de nouveau ou son expression contrariée ? J'ai l'impression d'être de retour dans les sous-sols de l'hôtel Héliott.

– On a fait… aussi vite… qu'on a pu, halète Walter au bord de l'apoplexie.

Jules, réapparu miraculeusement quelques secondes avant notre départ de l'île, marque un temps de stupeur en découvrant l'armure étincelante et l'énorme flingue de la secrétaire de l'Association.

Moi, je joue les blasés.

J'ai vu mademoiselle Rose se battre, cribler de balles des lycans, trancher des bras avec un sabre de *ninja*, fracasser des crânes à l'aide d'un bâton de pouvoir et jouer les juges Dredd, euh, raides.

Nina (qui n'ignore rien, depuis un certain soir, de la vie en Rose) tente de réguler son souffle. C'est vrai que Walter nous a un peu bousculés, pressé qu'il était de nous mettre à l'abri !

La première partie du trajet s'est déroulée sans accroche. Pendant qu'une partie des trolls faisait diversion en attaquant les Miliciens, l'autre partie nous a conduits au lieu de rendez-vous par des chemins de traverse. Mon seul regret, c'est d'avoir manqué Jean-Lu et Arglaë, partis sous je ne sais quel arbre à la fin du concert…

Mon ami sera en sécurité chez les trolls. Je ne crois pas une seconde que la MAD s'intéresse à lui ; j'ai bluffé auprès de mademoiselle Rose. Les seuls soucis qui l'attendent sont liés à Arglaë… et Erglug !

Walter nous attendait, cravate au vent, avec neuf mercenaires en tenue discrète. Au lieu de prendre des taxis et de foncer jusqu'ici, il nous a obligés à prendre le métro. Il paraît qu'il est plus facile d'attaquer des véhicules isolés que des voitures de transport en commun ! Nous avons ensuite marché à vive allure le long d'avenues très fréquentées. Bref, l'essentiel, c'est que nous soyons arrivés à bon port.

Contrairement aux autres, je ne ressens pas les affres de la course. Quoi que je sois désormais, envoûté, cloné, possédé, cyborgué, fils d'extraterrestres (oui, j'ai échafaudé toutes les hypothèses depuis ce jour où j'ai compris que je n'étais pas celui que je croyais), la fatigue semble m'avoir définitivement oublié.

Mademoiselle Rose nous fait entrer et ferme la porte à double sort.

– C'est une… vraie ? s'exclame Jules en touchant la cotte de mailles.

Je comprends qu'il soit fasciné. Mademoiselle Rose

est sublime avec son élégant haubert et ses gantelets étincelants.

– Vous ne croyez pas, Rose, qu'il faudrait les équiper eux aussi ? propose Walter en lui adressant un clin d'œil discret.

Une armure ? Merci bien ! Je n'ai pas l'âme d'une sardine !

Par contre, j'accepterais volontiers les armes qui vont avec : sabre en alliage rare, pistolet à balles d'argent, bâton-foudre…

– Je ne suis pas sûre qu'un tel… équipement soit utile à notre niveau de compétence, conteste diplomatiquement Jules.

– Rassurez-vous, nous dit mademoiselle Rose. Il n'est pas question que vous vous battiez. Vous êtes ici à l'abri.

– Vous êtes sûre ? demande encore le jeune stagiaire, mal remis, semble-t-il, de son séjour chez les trolls.

– L'immeuble est protégé par une solide toile mystique, rappelle mademoiselle Rose.

– Nous avons encore beaucoup de travail, Rose et moi, pour sécuriser la zone. Ne restez pas dans nos pattes, grommelle Walter.

Je lève un doigt timide.

– Rose, si c'était possible…

Le sourcil relevé de mademoiselle Rose m'invite à poursuivre.

– Est-ce que je peux récupérer ma sacoche ? Vous l'avez mise à l'abri après… l'accident.

Un voile de tristesse assombrit son visage.

– Elle est dans mon bureau, contre l'armoire. Avec tes autres affaires.

– Merci, je réponds en quittant la pièce.

Mes affaires sont bien là, posées contre le meuble.

Ma veste noire en toile huilée a morflé. Les dégâts causés par la chute à moto sont plus grands que le coup de griffe du lycan sur mon manteau ! Je décide de ne prendre que la sacoche, simplement râpée par la longue glissade sur le bitume.

Mon herbier est intact, en compagnie de quelques *Livres des Ombres*, de mes boîtes de poudres et mes sachets, de mon petit chaudron et mon brasero, de mes bougies, de mon athamé ; sans oublier deux trois bricoles sans importance.

Je suis ému, tandis que je procède à l'inventaire. C'est ma fidèle sacoche, bon sang ! L'autre, la besace militaire détruite par le loup-garou, n'était qu'un ersatz, une remplaçante. Et puis, sentir le poids d'une musette à l'épaule, son balancement contre ma hanche, me manquait terriblement.

– Jasper ?

Je me tourne vers la porte du bureau.

Nina est là, hésitante.

Je lis dans ses yeux une détresse qui me renverse le cœur.

– Je voudrais te parler, continue-t-elle, la voix tremblante.

2

J'inspire à fond.

J'attendais ce face-à-face. Et je le redoutais.

On se regarde un long moment, en silence, comme si on avait conscience qu'il suffisait d'un mot pour que tout le reste devienne inéluctable.

– Quelque chose cloche ? me demande-t-elle finalement. Tu m'évites depuis plusieurs jours…

– Je ne t'évite pas !

– J'ai l'impression d'être plus transparente que Jules ! Tu ne me vois pas, tu ne me regardes jamais. Quand on parle, c'est de tout et de rien. Surtout de rien. Jasper ! Tu ne m'aimes plus ?

Elle est au bord des larmes.

Mon cœur fait naufrage.

« *Sois courageux, Jasper. Tu lui dois ça.* »

Courageux… Qu'on me donne dix mages à défier, vingt trolls à combattre, cent loups-garous à affronter ! Mais par pitié, pas Nina.

Mon absence de réponse la cueille au ventre, pire qu'un coup de poing.

Je baisse la tête.

Comme un aveu que je n'ai pas la force de faire.

Nina s'en va en courant.

Je me déteste.

« *C'est ta vision personnelle du courage ?*

– Tais-toi, Ombe.

– Si tu avais pu, tu te serais enfui.

– Tais-toi.

– C'est si difficile à dire « je ne t'aime pas » ?

– Mais tais-toi ! Qu'est-ce qui te dit que je ne l'aime pas ? Hein ? Qu'est-ce qui te dit que je n'ai pas envie de l'embrasser, de la prendre dans mes bras, de franchir le pas avec elle ? Tu veux du courage, de la franchise ? Alors, je vais te dire pourquoi tout ça n'est pas possible : c'est à cause de toi ! Tu es là, toujours, tout le temps ! Quel garçon normalement constitué pourrait aimer une fille sous le regard omniprésent de sa sœur ? Tu peux me le dire ?!

– ...

– Je suis désolé, Ombe. Je suis en colère. Contre moi.

– ...

– Ombe, tu es là ?

– La dernière fois que j'ai dit à un garçon que je ne l'aimais pas, je n'en croyais pas un mot. Ton silence, c'est pas mal, finalement. Il y a des silences plus parlants qu'un discours. »

3

Lorsque je reviens dans la bibliothèque, tout le monde est massé devant un écran surgi du mur comme dans un film de James Bond.

Je jette un coup d'œil à Nina. Ses yeux sont rouges et elle m'ignore.

– Qu'est-ce qui se passe ? je m'enquiers.

– Les Miliciens, répond laconiquement la secrétaire. Ils sont là.

Sous l'objectif des caméras extérieures, une trentaine d'hommes en tenue de commando, armés pour la guerre, se déploient autour de l'immeuble.

Par la tunique de Bilbon ! J'ignorais que l'Association disposât d'un tel dispositif de vidéo-surveillance !

– On peut remercier nos amis trolls, constate Walter sur un ton moqueur. Ils en ont massacré quelques-uns !

– Ils sont arrivés vite, relève mademoiselle Rose. Vous n'aviez pas beaucoup d'avance.

– Ils viennent peut-être jouer au bingo ? je lance pour détendre l'atmosphère.

117

Mademoiselle Rose m'adresse un regard réprobateur. Mais Walter semble apprécier la boutade.

– J'avais le même humour que toi, mon garçon, me confie-t-il en souriant. Il me servait à la fois d'armure et d'étendard ! Les remarques débiles, les commentaires ironiques, les jeux de mots laids constituaient le fil rouge de mes rapports aux autres, de ma présence au monde.

– Ce n'est plus le cas ? je réponds, à la fois surpris et gêné par son commentaire qui dévoile avec justesse mes propres sentiments.

– Disons que ce n'est plus aussi flagrant. L'humour est un moyen de se défendre contre l'univers. C'est essentiel quand on est jeune et qu'on a l'univers contre soi ! L'âge apporte une forme de… sérénité. Le sens de l'humour ne se porte plus comme une cotte de mailles ou une épée, mais comme un vêtement de tous les jours.

Heureusement que Walter n'a pas dit « comme une cravate ».

– La MAD a mis le paquet, annonce mademoiselle Rose les yeux rivés sur l'écran, mettant un terme à notre parenté, euh, aparté.

– Les Agents du Bureau vont venir nous aider, n'est-ce pas, Walter ? demande Jules qui ignore encore que lesdits Agents n'existent pas.

– Hum, grogne le patron. Bien sûr. Ils agiront de l'extérieur.

Eh oui, c'est le risque, quand on ment ! On est amené à mentir encore plus.

– Et les autres stagiaires ?

– Ils sont, hum, hum, à l'abri, hors de la ville. C'est fini, ces questions ?

Mademoiselle Rose fronce les sourcils, comme si une idée venait de la traverser.

– Jules, dit-elle en faisant sursauter le garçon. J'ai une mission pour toi, parfaitement dans tes cordes.

Elle a retrouvé son assurance de chef de guerre. Le soulagement est palpable. « Un chef, écrivait Gaston Saint-Langers, ne doit pas forcément montrer du courage mais en inspirer. » Avec mademoiselle Rose, on a double ration (pour rester dans le vocabulaire militaire).

Elle prend dans un tiroir une caméra minuscule, qu'elle confie au stagiaire.

– Tu vas filmer la bataille, lui explique-t-elle. Ces images seront envoyées à tous les Bureaux de l'Association, afin qu'ils découvrent le vrai visage de la Milice.

– Mais… vous avez déjà des caméras qui filment ce qui se passe dehors, objecte Jules non sans pertinence.

– Des caméras fixes, en nombre limité, répond la secrétaire. Quatre sur le pourtour de l'immeuble… non, trois, ils viennent d'en détruire une, corrige-t-elle après un rapide coup d'œil sur les moniteurs. Une dans la montée d'escalier, une autre sur le palier et une dernière sur le toit.

– Alors je…

– Alors, tu vas te glisser dehors et accomplir un travail de reporter.

– Une issue de secours discrète part de mon bureau. Elle te conduira dans le terrain vague, poursuit Walter en luttant contre la transpiration à grands coups de mouchoir. Après, ce sera à toi de jouer.

– La caméra est autonome et elle est reliée à un ordinateur sécurisé, ajoute mademoiselle Rose. Tu pourras communiquer avec nous par le micro de l'appareil. La conversation sera par contre à sens unique. Tu as l'habitude de juger des situations, je te fais confiance.

– Ton rôle est d'une importance extrême, martèle Walter.

– Merci, dit simplement Jules en redressant la tête. Je ne vous décevrai pas.

Même si le rôle de l'espion lui va comme un gant – rapport à son pouvoir de discrétion –, je dois avouer que Jules montre un certain panache.

Dans un geste spontané, je lui tends la main.

– Bonne chance, Jules, je dis en hochant la tête.

Il rougit de plaisir.

Continuant à m'ignorer, Nina s'approche à son tour et l'embrasse sur la joue, un peu plus près des lèvres que nécessaire.

– Fais bien attention à toi, lui souffle-t-elle, avant que Walter entraîne Jules en direction de son bureau.

Une idée stupide me traverse la tête. Nina aurait-elle quelque sentiment pour Jules ? Ce serait la configuration idéale pour m'éviter d'autres mélodrames ! Je crois bon d'en rajouter.

— Jules est vachement courageux, je lance à Nina, mine de rien. Et puis, il est beau gosse, non ? Je ne comprends pas pourquoi il n'a pas de copine !

Le regard indigné, puis douloureux de Nina, douche mon enthousiasme. Elle se retient pour ne pas se remettre à pleurer et quitte la bibliothèque.

« *Clap, clap, clap.*

— *Je ne comprends pas…*

— *Tu viens de rompre avec elle et tu lui colles un autre garçon dans les bras. La classe !*

— *Mais… Tu as bien vu comme elle disait au revoir à Jules !*

— *C'était pour te rendre jaloux. Ce n'est pas possible d'être aussi borné !* »

4

Le bruit d'une fusillade éclate dans les haut-parleurs. Je me précipite vers l'écran de contrôle.

– Ils tirent contre quoi ? je m'étonne en voyant les hommes de la MAD vider des chargeurs contre un conteneur à déchets, de l'autre côté de la rue.

– Les Agents auxiliaires, répond mademoiselle Rose. Je les ai déployés autour de l'immeuble.

– La police va débarquer dans la minute, avec ce vacarme ! je m'exclame.

– Non, Jasper. Il y a vraiment des mages dans la Milice. L'un d'eux a pris soin d'isoler le périmètre. Regarde : le rideau d'illusion n'est pas encore très stable ; on distingue des zones floues en arrière-plan.

– Jules est dehors ! annonce Walter en réapparaissant.

Mademoiselle Rose pianote sur l'ordinateur relié à la caméra.

– Il émet déjà, annonce-t-elle.

À travers les yeux de notre camarade, l'échange de tirs devient plus réel, plus violent. Jules bouge, s'aplatit au sol, se redresse. C'est un véritable film d'action auquel il nous convie.

– Mademoiselle Rose ?

Sa voix sort des haut-parleurs, rauque et étouffée. Il a oublié que personne ne peut lui répondre.

– Ça barde, ici ! Nos Agents se font amocher !

– Évidemment, gronde Walter. Ils sont neuf contre plusieurs dizaines en face !

Jules, qui n'entend rien, continue son rapport :

– Je vois Fulgence ! Il se tient au milieu de la rue. Il y a cinq types avec lui, habillés bizarrement.

La caméra du stagiaire zoome sur les personnages en question.

– C'est bien Fulgence, confirme mademoiselle Rose. En compagnie de cinq mages.

« *Qu'est-ce qu'ils font, Jasp ?*

– *Ils rassemblent des énergies.*

– *Et ?*

– *Ça risque de chauffer !* »

L'aura qui les entoure se transforme en brume épaisse. Les sorciers psalmodient une incantation, cachés sous leur cape. Cette magie-là n'est pas bonne.

Ah ! c'est vrai. J'ai dit que la magie n'était ni bonne ni mauvaise et qu'il n'existait que des bonnes ou des mauvaises intentions…

Alors, dans ce cas, leurs intentions à tous les cinq sont abjectes !

Sous l'œil tremblotant de la caméra de Jules,

d'épaisses vrilles noires jaillissent de la brume et fondent sur l'immeuble.

– Une attaque mystique ! hurle mademoiselle Rose en se précipitant vers la porte, après avoir récupéré son bâton de pouvoir posé contre le mur.

Un coup de boutoir fait trembler l'immeuble.

La secrétaire colle le bâton-foudre contre le chambranle et murmure les premiers mots d'un contre-sortilège. Lorsque les quatre autres vrilles frappent à leur tour, la porte a retrouvé sa solidité.

– Ils sont beaucoup plus forts que je ne le pensais, murmure mademoiselle Rose avec un soupçon d'admiration dans la voix. Comment ai-je pu sous-estimer Fulgence à ce point ? Walter, venez m'aider !

Notre chef-très-chef s'exécute sans discuter. Il la rejoint et agrippe le bâton. Son quenya, parfait (moi qui l'écorche à chaque phrase…), s'enchevêtre à celui de mademoiselle Rose.

– Jasper ! commande l'ancienne secrétaire sans même tourner la tête. Nous avons besoin d'un second bâton de pouvoir ! Il y en a un autre à l'étage ! Il est moins puissant mais il fera l'affaire !

J'en reste comme deux ronds de flan.

– À l'étage ? je hasarde. Chez les gens du Club philatéliste ?

– Il n'y a pas de philatélistes dans l'immeuble, c'est une couverture… Bon, tu vas le chercher ou on attend que la Milice y aille ?

– Comment… Comment on fait ? je demande.

– L'ascenseur. Tu donnes sur le bouton de l'armurerie un coup bref, un coup long, un coup bref, trois coups longs, quatre coups brefs. *Idem* pour revenir. Le bâton de rechange est posé sur la table du salon. Ne traîne pas en route !

– Compris ! je réponds en me précipitant au bout du couloir.

Le troisième étage est à nous ? J'ai de la peine à le croire ! Les secrets de l'Association se dévoilent les uns après les autres.

J'ouvre un placard contenant un balai couvert de poussière et un seau métallique. Je tire sur l'anse jusqu'à entendre le clic déclenchant le mécanisme. Un instant plus tard, accompagnée de nombreux grincements, une minuscule cabine d'ascenseur apparaît, poussant vers le haut le balai et le seau.

Je prends place dans la cabine étroite et je fixe intensément le bouton orné d'un −2 qui conduit à l'armurerie.

Le souvenir du Sphinx se fraye un chemin à travers ma mémoire, en train de caresser un papillon et de me proposer du matériel improbable pour l'une de mes missions…

Mais mademoiselle Rose est pressée.

Je compose le code.

L'ascenseur hésite, grince méchamment puis décide de s'ébranler, empruntant un passage dans l'épaisseur du mur.

La cabine achève sa course quelques mètres plus

haut. La porte coulisse et je débouche dans le hall d'un appartement meublé avec goût.

« *C'est une femme qui habite là.*

— Une femme ? Tu en es sûre, Ombe ?

— Certaine. Je penche même pour mademoiselle Rose.

— Mademoiselle Rose ?! Tu es folle !

— Réfléchis : tu ne t'es jamais dit qu'elle vivait sûrement dans son bureau ? Toujours là, à n'importe quelle heure du jour et de la nuit.

— Bon sang, c'est vrai ! Tu as raison !

— J'ai toujours raison, Jasper. »

Pas le temps de m'étonner. Ni de faire du tourisme : je n'ai pas la moindre intention de m'immiscer dans son intimité ! Découvrir que mademoiselle Rose possède une vie privée est très déstabilisant…

Sur un meuble laqué, dans le couloir menant au salon, j'aperçois le petit tambour de métal rouge d'Otchi. Ainsi, mademoiselle Rose l'a récupéré dans la grotte, après que le chamane a été emporté par les griffes ténébreuses.

Pauvre petit homme, si fort et si courageux…

Sans réfléchir, j'attrape l'instrument qui servait à invoquer les esprits et je le fourre dans la poche de mon manteau, à côté des *Rouleaux de Sang* du chamane.

« *Arsène Lupin n'a qu'à bien se tenir !*

— Il va prendre la poussière si on le laisse ici…

— D'abord ma gourmette, ensuite le tam-tam d'Otchi, sans compter les bijoux de ta mère : tu tournes mal, petit frère. »

5

Le bâton de pouvoir dont parlait mademoiselle Rose se trouve effectivement sur la table basse du salon. C'est une copie parfaite de l'autre, en plus petit et en plus neuf. Je sens la magie pulser dans le bois d'if, retenue prisonnière par la pointe en fer et canalisée par la boule de plomb du pommeau.

Dans ma hâte de le saisir (et de quitter l'appartement !), je trébuche contre un guéridon.

– C'est toi, sorcière ?

La surprise me cloue sur place. La voix provient de la cuisine.

Comme un imbécile, je suis monté sans arme, et ma sacoche ne contient rien qui puisse être utilisé dans l'urgence !

Je me force au calme.

L'homme qui a parlé (car c'est une voix d'homme) n'a aucune raison d'être méchant. Nous sommes au-dessus des bureaux de l'Association : c'est un endroit sous contrôle ! Il ne peut s'agir que d'un Agent auxiliaire chargé de surveiller les lieux.

Mais quel Auxiliaire prendrait le risque de tutoyer mademoiselle Rose et de la traiter de sorcière ?

« *Tu crois que c'est son mari ?*

– *Ombe ! Elle n'est pas mariée.*

– *Son amant, alors. Ou bien son vieux père grabataire.*

– *Ferme-la, tu veux bien ?* »

Je me redresse et fais quelques pas en direction de la cuisine.

– Il y a quelqu'un ? je lance.

Pas de réponse. Je m'avance encore et jette un coup d'œil dans la pièce.

Personne.

Je n'ai pourtant pas rêvé !

– Mon Seigneur ?

Je sursaute. Quelqu'un vient de parler à nouveau. Une voix grave et feutrée. L'homme invisible, ou bien un haut-parleur dissimulé.

Ou encore un sortilège inconnu.

– Qui parle ? Montrez-vous ! je dis sur un ton que j'espère assuré.

– Maître ! Maître, je suis là !

– Où ça ?

Je tourne la tête de tous les côtés. On est en train de me faire tourner en bourrique !

« *C'est carrément flippant, Jasper.*

– *Tu l'entends aussi, hein, Ombe ? Je ne suis pas fou !*

– *Non, tu n'es pas fou. Mademoiselle Rose cache quelqu'un chez elle.* »

Personnellement, je ne sais pas ce qui est le plus

effrayant : ne pas distinguer celui qui me parle ou l'entendre m'appeler Maître...

– Dans le miroir, Maître ! Dans le miroir !

Cloué contre le mur, un miroir de la taille d'un cahier penche légèrement sur la gauche.

Le cadre est en antimoine. Sur la matière blanc argenté, un enchevêtrement de runes forme un puissant sortilège... d'emprisonnement !

Une ombre flotte à la surface du miroir.

Elle dessine sous mes yeux une silhouette noire aux contours indistincts.

– Vous êtes venu me délivrer ! Merci, merci mon Seigneur !

La voix provient bel et bien du miroir...

Une ombre exulte et danse dans le verre poli.

– C'est une erreur, je dis. Je ne suis ni ton maître ni ton seigneur.

Le visage grossier qui prend la place de la silhouette affiche aussitôt un embarras clairement perceptible.

– Vous vous moquez de moi, Maître. Ce n'est pas bien. Ralk' est prisonnier de cet endroit depuis vingt années terrestres qui lui ont paru une éternité.

– Tu es quoi ? je demande. Un sortilège créé par mademoiselle Rose ? Un miroir magique, comme celui de Blanche-Neige ?

La stupéfaction remplace la gêne chez mon brumeux interlocuteur.

– Mais pas du tout ! Je suis... un démon, Maître. Comme vous !

6

« *Qu'est-ce qu'il a dit ?*

— Je ne comprends pas, Ombe.

— J'ai bien entendu démon ?

— …

— Jasper ? »

Je n'ai pas envie d'en discuter pour l'instant. Tout se bouscule en moi. Tourbillonne. M'emporte.

Un démon. Dans le miroir. Non, deux démons si on compte mon reflet qui se superpose aux traits de ce Ralk'.

Deux visages maléfiques.

Mais alors… si Ombe est ma sœur ?

L'odeur de soufre.

Attachée à nos natures.

Je tente de remonter à la surface, de réfléchir calmement.

Depuis les révélations de Nacelnik et de Walter, je me doute bien que je cache en moi une part d'ombre (j'ai dit ombre…). Mais entre le doute et la certitude, il y a un fossé que mon esprit a du mal à franchir.

Ce n'est pourtant pas le moment de faiblir. Je cherche depuis longtemps celui qui pourra enfin me révéler qui je suis, celui qui pourra remonter à l'origine de mes cauchemars et de mes transformations !

La vérité.

Est-ce que j'ai peur de ce que le miroir va m'apprendre ?

« Jasper ? Ça va ? Réponds ! »

Pour elle. Pour Ombe. Je lui dois au moins ça.

Elle a le droit de savoir qui je suis.

Qui elle est.

Je retrouve mon souffle, cligne des yeux plusieurs fois.

— Ralk'… C'est bien ton nom ?

Je cause à un miroir…

— Oui, Maître ! Qu'il est doux de l'entendre de votre bouche !

— Pourquoi dis-tu que je suis un démon ?

— Mais… (il semble sincèrement surpris) parce que vous en êtes un, Maître.

— Comment peux-tu en être sûr ?

— Vous me mettez à l'épreuve !

— Réponds.

— Les yeux des démons voient mieux que ceux des humains, qu'ils soient Normaux ou Paranormaux. Les démons savent reconnaître leurs frères et sœurs, quelle que soit leur apparence.

— Je ne ressemble pas du tout à un démon !

– Est-ce que votre malheureux serviteur ressemble à un démon ?

– Maintenant que tu le dis… J'ai déjà vu des démons. Le premier avait une forme humaine, des yeux rouges et des cornes de taureau. Le deuxième avait la consistance d'une brume noire, épaisse et malsaine, qui dévorait la lumière. Les autres n'étaient que des silhouettes ténébreuses et vociférantes. Oui, Ralk', quoique différent, tu ressembles bel et bien à un démon. Mais moi ? Je ne suis pas fait de fumée, je n'ai pas les yeux rouges et j'aime la lumière !

Tandis que j'énumère ces rencontres, plusieurs détails incongrus me reviennent à la mémoire et éclatent comme des bombes.

Le démon de l'entrepôt, par exemple. Au moment de mourir, il m'a jeté un regard de reproche et de peur.

Le démon de la grotte, lui, a été vaincu par un chamane qui me terrifiait inexplicablement.

Quant à ceux de l'arène, ils m'acclamaient…

– Tous les démons sont semblables quand ils arpentent le sol rougeoyant du Nûr-Burzum, Maître, répond Ralk'. Dans le monde des humains, notre apparence diffère. C'est si difficile de passer la Barrière ! Nous laissons derrière nous beaucoup de notre être, et cette part n'est pas la même pour tous…

– Tu penses donc que je viens du… du Nûr-Burzum ?

– Je ne pense rien, Maître. Comment me le permettrais-je ? Cela dit… D'où viendriez-vous ?

Le démon du miroir me manifeste un respect

évident. Je peux entendre de la crainte dans sa voix, même si je devine chez lui une propension à l'ironie Le temps passé au milieu des humains, peut-être ? Je garde l'information dans un coin de mon crâne : Ralk' est un esprit indépendant.

« *Jasper ? Tu m'expliques ce qui se passe ?* »

Je soupire. En parlant d'esprit indépendant…

« *Tu l'entends comme moi, Ombe : le démon prisonnier du miroir est en train de me dire que je suis également un démon.*

— Il essaye de t'embobiner pour que tu le libères.

— Mais tout concorde ! L'odeur de soufre décelée par l'odorat subtil de ton cher Nacelnik, les efforts de la Milice antidémon pour nous éliminer, nos pouvoirs et nos capacités supérieurs à ceux des autres stagiaires, ma faiblesse à proximité d'Otchi le chasseur de démons, notre inexplicable lien de parenté… Tu ne trouves pas que ça fait beaucoup de coïncidences ?

— Et les tests auxquels mademoiselle Rose nous a soumis ? Elle l'aurait vu, si nous étions des démons.

— C'est la seule faille de mon raisonnement. »

Indifférent aux sarcasmes d'Ombe, je reprends l'interrogatoire.

— Ralk'. Je peux t'appeler Ralk', n'est-ce pas ?

— C'est un honneur, Maître, un honneur !

— Quand tu dis que je suis un démon, c'est parce qu'un démon se cache en moi ou que je suis vraiment un démon ?

— Maître ! Un Ghâsh-Durbûl tel que vous ne

s'abaisserait jamais à utiliser un *gebbet* ! Vous êtes…
vous-même.

– Un *gebbet* ?

– Un possédé, Maître. Une marionnette humaine,
soumise à un démon.

– Une dernière question, Ralk' : c'est quoi, un
Ghâsh-Durbûl ?

– Dernière avant quoi ? demande le démon, à nouveau inquiet.

– Réponds !

– Oui, Maître, pardonnez mon insolence. Un
Ghâsh-Durbûl est un prince du monde obscur. Vous
êtes un membre de la famille royale, mon Seigneur,
aussi sûr que le pauvre Ralk' est prisonnier de ce
miroir.

Famille royale ? Qu'est-ce qu'il raconte, ce crétin ?

– Je te remercie, Ralk', pour les réponses que tu
m'as apportées. Je ne saisis pas encore toutes leurs
implications, mais je te suis reconnaissant.

– Maître ? Vous partez ?

– J'ai beaucoup à faire.

À commencer par mettre la plus grande distance
possible entre le Horla et moi ! Car si je suis un
démon, alors mes amis sont en danger par ma seule
présence. J'ai lu Homère, je sais ce qu'est un cheval
de Troie…

– Ne me laissez pas ! Si vous ne voulez pas me libérer, emmenez-moi avec vous, Maître ! Par la noirceur
de Khalk'ru, ayez pitié !

Je suis sur le point de quitter la cuisine en abandonnant le démon à son sort.

– Tu n'es pas bien ici ? je demande.

– La sorcière qui m'a capturé ne cesse de me torturer ! Et puis la liberté me manque. Je ne survivrai plus très longtemps.

J'ai beau savoir qu'il exagère pour m'attendrir, je perçois en lui une vraie détresse. Je décroche le miroir.

– Merci, merci Maître, sanglote le démon. Ralk' sera votre serviteur le plus dévoué…

À vrai dire, je pense surtout que moins il y aura de démons dans le périmètre et moins mes amis seront menacés…

Alors que je m'apprête à ranger l'objet dans ma sacoche, j'entends un bourdonnement familier.

Un flash de lumière m'oblige à fermer les yeux. Je vacille.

Je heurte une chaise et m'y accroche de toutes mes forces.

– Maître ? Ça ne va pas ?

Le démon est anxieux. Je ne lui réponds pas, trop occupé par les visions qui explosent dans ma tête.

Fafnir m'envoie des images, comme au bon vieux temps.

7

La douleur qui envahit mon crâne m'empêche de crier de surprise. À la place, je murmure quelques mots en haut-elfique :

– 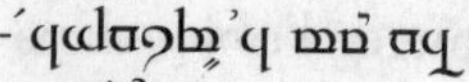 *Fafnir… Ma tyë na ?* Fafnir… C'est toi ?

– Kraaa ! kraaa !

J'imagine que ça veut dire oui.

Le filtre de l'œil de Fafnir n'est plus jaunâtre mais purpurin. Mon ami a perdu son regard d'ambre au profit de pupilles rouges. L'image reste cependant déformée (j'imagine que c'est à cause de sa nature d'oiseau).

Mon fidèle Fafnir – espion un jour, espion toujours – ne m'a pas abandonné !

Ce qui est étonnant, c'est qu'il soit entré en contact avec moi. Je ne lui ai assigné aucune mission. Le retour qu'il est en train d'effectuer résulte de sa seule initiative…

Fafnir décrit des arcs de cercle au-dessus d'un

bâtiment que je ne tarde pas à identifier. Les Abat-toirs. Un immeuble cubique aux murs épais, flanqué d'improbables tourelles. La zone est sous le contrôle des vampires. Qu'est-ce que Fafnir fabrique là-bas ?

Le corbeau descend en piqué vers la terrasse qui occupe le sommet de l'imposant édifice, où quelqu'un semble l'attendre.

Je sursaute.

C'est Ombe.

La Ombe de la rue Muad'Dib. La voleuse de tee-shirt. La fille déguisée en vampire.

Mon cœur s'emballe.

Elle lève la main et Fafnir se pose dessus dans un grand froissement d'ailes. Il frotte son bec dans le cou de cette Ombe improbable, frémissant de joie.

Il se passe alors un phénomène très étonnant (enfin, encore plus étonnant que ceux qui me tombent dessus depuis dix minutes !).

La fille plonge son regard dans celui du corbeau et articule distinctement :

– *Jasper... Viens... J'ai besoin de toi...*

Et l'image s'éteint d'un coup, comme un écran qu'on débranche.

« *Tout va bien, Jasp ?*

– *Ça va. C'est juste que...* »

Qu'est-ce que je peux dire à Ombe ?

Que Fafnir est devenu l'animal de compagnie d'une fille qui lui ressemble comme deux gouttes d'eau ? Que cette fille m'a contacté par l'intermédiaire de mon sortilège-espion ? Qu'elle veut que je la rejoigne dans le quartier général des vampires ?

Certains mensonges sont nécessaires. Et ils passent d'autant mieux quand ils se cachent derrière des vérités.

« *Si Ralk' dit vrai, Ombe, et si je suis un démon, je ne veux pas mettre Nina, Walter ou mademoiselle Rose en danger. Je dois à tout prix quitter l'immeuble.*

— Partir ? Alors que nous sommes en guerre contre la MAD ? C'est de la désertion !

— Appelle ça comme tu veux.

— Et tu comptes aller où… déserteur ?

— Chercher d'autres réponses, Ombe.

— Tu emmènes Ralk' ?

— Oui. Tu viens avec nous ?

— Ah ah, très drôle. »

Oui, très drôle.

La situation est même hilarante : trois démons (un de chair, un de vent, un de verre) sont en ce moment même sous la protection d'une Association qui a voué son existence à les pourchasser.

8

« *Je croyais que tu voulais quitter l'immeuble.*

– *C'est bien mon intention, Ombe.*

– *Pourquoi tu ne sors pas par la porte de l'appartement ?*

– *Je dois d'abord apporter son bâton à mademoiselle Rose, elle en a besoin.*

– *Tu es fou.*

– *Je sais.* »

L'ascenseur n'a pas bougé. Je me glisse à l'intérieur et compose le code (morse) sur le bouton de l'armurerie : point-trait-point, trait-trait-trait, point-point-point-point. Ce qui donne « Rose ».

Évidemment.

La cabine s'ébranle et descend jusqu'à l'étage des bureaux.

J'ouvre la porte et lance le bâton-foudre de secours loin dans le couloir. Ils ne tarderont pas à le trouver. Je ne peux pas faire plus, ce serait trop risqué.

Je referme la porte, prêt à actionner le bouton pour remonter.

– Maître ?

La voix du démon surgit de ma sacoche, étouffée.

– Nous sommes dans l'ascenseur, Maître ?

– Oui, Ralk'. Pourquoi ?

– Si vous voulez vous enfuir, il existe un passage secret, dans l'armurerie, qui conduit à l'air libre.

« *Comment il sait ça, lui ?* »

– Oui, comment tu sais ça, toi ?

– C'est par là que je suis entré. La sorcière m'a intercepté alors que je m'apprêtais à gagner les étages.

Je ne perds pas de temps à réfléchir. J'appuie sur le bouton −2, sans composer de code. La cabine oscille à nouveau et s'enfonce dans les profondeurs du bâtiment.

« *Tu n'as pas peur que Ralk' te conduise à un piège ?*

– *Il est aussi pressé que nous de quitter cet endroit. Ne t'inquiète pas, il est de notre côté. Pour l'instant en tout cas.* »

Je dis pour l'instant parce qu'en matière d'avenir, j'ai compris que rien, mais alors rien n'était acquis, sinon la certitude de voir ses certitudes bouleversées.

La cabine stoppe sa course dans un bruit inquiétant. Mais si tout va bien (ou si tout va mal), je n'aurai plus à l'utiliser.

Je bataille pour ouvrir la porte et me retrouve dans un des lieux les plus bizarres au monde (je ne compte pas le château virtuel de Siyah qui, de toute manière, est parti en poussière) : l'armurerie de l'Association.

Une faible lumière éclaire de vastes caves voûtées, des rangées d'étagères surchargées et des placards pleins à craquer, le long d'allées biscornues. On dirait que les grimoires, les potions, les ingrédients dégoûtants s'entassent là depuis des siècles. Si j'avais du temps devant moi (et une grande brouette au lieu de cette sacoche déjà remplie), je pillerais allégrement les rayonnages.

Je repère un peu plus loin le bureau du Sphinx, encombré de vieux papiers et d'alambics.

Romu…

Pourquoi as-tu fait ça ? Et qui es-tu vraiment ?

Dire que j'ai passé tant de bons moments avec un imposteur, un mage dangereux caché sous les traits d'un paisible lycéen, capable d'assassiner un homme de sang-froid et de faire porter le chapeau à son meilleur ami…

— L'entrée du passage se trouve au fond de l'allée qui sent le millepertuis, dit Ralk' en m'arrachant à mes sombres pensées. Ça serait plus facile pour moi de vous aider si vous me sortiez de ce miroir, Maître !

« Je te l'avais bien dit !

— Ça ne prouve rien, Ombe. De toute façon, je vais le laisser où il est. »

Les plantes, c'est l'allée B.

Je me rends d'un pas alerte de l'autre côté de la salle.

— Derrière le coffre, Maître, continue Ralk'.

Je m'arc-boute et déplace en ahanant le gigantesque coffre métallique bourré de flacons vides. Caché derrière, en effet, commence un tunnel dans lequel on ne peut progresser qu'à quatre pattes.

– Difficile à bouger, ce truc, je grogne. C'est grippé.

– Il existe un mécanisme, Maître… Un bouton sur lequel il suffit d'appuyer.

Un bouton. Pas le temps de chercher. Je m'engouffre dans l'issue de secours creusée dans la roche.

– C'est plein de toiles d'araignées, je proteste. On ne doit pas l'utiliser souvent !

– Personne ne connaît ce passage, Maître.

– Personne ? Même pas le Sphinx ?

– Avant d'abriter l'Association, Maître, cet immeuble était utilisé pour la contrebande d'absinthe.

– Tu as réponse à tout, Ralk' !

– J'avais préparé sérieusement mon infiltration, Maître.

Tiens, même un démon se vexe. Je change de sujet :

– Où va-t-on déboucher, Ralk' ? Je n'aimerais pas tomber nez à nez avec un gros bras de la MAD !

– La MAD ! Beurk ! Maudite ! Ne craignez rien, Maître. Le passage nous conduira loin d'ici.

Rassuré, je jette un dernier regard en arrière puis m'enfonce résolument dans la galerie.

« La lumière que tu aperçois au bout d'un tunnel, petit, signifie dans tous les cas la fin de ton calvaire. »

Merci, Gaston Saint-Langers, de me remonter le moral.

9

En fait de lumière, celle que j'aperçois tout au long de l'interminable trajet (mais qui a pu avoir l'idée débile de construire un tunnel dans lequel on ne progresse qu'en rampant ?) provient des fentes d'une cloison en bois.

Maîtrisant mon impatience, je tends l'oreille. Personne de l'autre côté. Je m'autorise quelques minutes pour réfléchir.

Que suis-je devenu en choisissant de quitter l'immeuble de l'Association ? Un déserteur, comme le pense Ombe ? Un fugitif, puisque c'est moi que la MAD traque depuis le début ? Un démon en cavale ? J'ai beau essayer, je n'arrive pas à accepter les révélations de Ralk'.

Que signifie être un démon, quand on n'en a ni l'apparence ni la façon de penser ? Parce que – à moins que je ne me trompe – j'ai l'impression de raisonner comme avant, brillamment souvent, lourdement parfois, humainement toujours. Seule cette présence enfouie en moi – je ne parle pas d'Ombe – me pousse à croire Ralk'.

Une présence à la fois étrangère et familière, sauvage et colérique, mais trop lointaine pour que je puisse me faire totalement à l'idée d'être un démon…

Une autre pensée me vient, portée par les précédentes. Peut-on lutter contre sa nature ? Admettons que je sois un démon. Puis-je (dois-je) me battre contre lui ? Ou le dompter – chevaucher le dragon ? C'est un concept que je comprends mieux ; depuis des années, je compose avec moi-même, je jongle avec différentes personnalités. Jasper le fils de ses parents, Jasper le joueur de cornemuse, Jasper le sorcier, Jasper l'Agent stagiaire…

Tout cela ne formant qu'un, au final.

Si je reprends mes classiques, comment interpréter Dr Jekyll et M. Hyde ? Au pied de la lettre ? De façon symbolique ? Le docteur Jekyll hébergeait-il un démon qui aurait choisi non de cohabiter avec lui, mais de mener sa vie propre ? Est-ce que c'est ce qui va m'arriver ?

– Maître ? Ça ne va pas ?

– J'ai simplement du mal à m'imaginer en démon.

– C'est normal, Maître, glousse Ralk'. Être démon, ça ne se pense pas. Ça se vit, un point c'est tout !

– J'essayerai de m'en souvenir.

Je pèse contre les planches qui cèdent dans un craquement, libérant la sortie au beau milieu d'un couloir minuscule.

Je me glisse dehors, referme l'ouverture.

Où suis-je ?

Je distingue un léger brouhaha, dans une pièce voisine. Et puis je reconnais un logo défraîchi signalant des toilettes : j'ai sous-atterri dans le café à l'angle de la rue du Horla et du passage Davy Jones ! Un endroit prédestiné aux fuites puisque j'y ai conçu un subterfuge pour me débarrasser d'un Milicien…

Je m'époussette, pénètre dans les toilettes, tire la chasse et gagne le bar comme si j'étais un client.

Je salue la patronne qui me fixe d'un œil soupçonneux et je franchis le seuil de l'établissement… Incroyable ! À l'autre bout de la rue, l'immeuble de l'Association est en place, intact, paisible. Aucun combat dans la rue, aucun bruit d'arme à feu.

À croire que j'ai rêvé !

Cependant, en regardant mieux, je m'aperçois que les passants qui empruntent la rue du Horla rebroussent chemin sans s'en rendre compte.

Mademoiselle Rose avait raison : sous l'action d'une magie puissante, un vaste périmètre leur est désormais interdit.

« Je ne regrette pas une seconde d'avoir squatté ton crâne, Jasper. Je suis aux premières loges pour assister aux trucs les plus dingues du monde.

– Tu veux mon avis, Ombe ? Un avis forgé par l'expérience de ces derniers jours ?

– Dis-moi.

– On n'a encore rien vu ! »

10

– Mademoiselle Rose !

– Ça va, Nina. Mais les mages de Fulgence sont extrêmement puissants ! Jasper met trop de temps à apporter le second bâton-foudre. Va voir ce qu'il fabrique.

– Moi ?

– Oui, toi. Il y a un problème ?

– Non, non. Enfin… Si.

– Que se passe-t-il, Nina ?

– Il se passe… Oh, mademoiselle Rose ! Jasper et moi…

– Vous vous êtes disputés ?

– C'est plus grave. Il ne… m'aime plus.

– Il te l'a dit ?

– Pas besoin. J'ai compris… Tout s'écroule ! Dehors, dedans… Oh, j'ai envie de mourir…

– Ne dis pas de bêtises, Nina. Nous faisons tous en ce moment des efforts considérables pour survivre !

– Je souffre tant…

– Plaie d'amour n'est pas mortelle ; ça ne l'empêche pas d'être douloureuse ! Jasper éprouve des sentiments pour toi. Mais il se sent prisonnier.

– Vous ne pouvez pas dire ça ! Je l'aime ! L'amour n'a jamais emprisonné personne !

– La différence est infime entre une cage et un écrin.

– Je suis si malheureuse, mademoiselle Rose…

– J'ai été amoureuse, moi aussi, une fois dans ma vie. De deux hommes en même temps.

– Vous ?!

– Les adolescents sont toujours surpris que les adultes aient pu être jeunes !

– Deux hommes… Et qu'est-ce que vous avez fait ?

– Rien.

– Rien ?

– Je n'ai pas pu me résoudre à choisir. Alors, au lieu de rendre une seule personne malheureuse, j'en ai irrémédiablement blessé trois. Ce non-choix me semblait le seul possible. Il n'était pas forcément bon, mais il me correspondait.

– Que cherchez-vous à me dire, mademoiselle Rose ?

– Aucun choix, même s'il nous paraît aberrant ou cruel, n'est bon ou mauvais dans l'absolu.

– Je ne comprends pas.

– C'est normal, je remplace par des mots les expériences qu'il te faut vivre. En attendant, arrête de t'apitoyer sur ton sort et concentre-toi sur le présent !

On a un combat à gagner. Maintenant, tu veux bien aller voir ce que fabrique Jasper ?

— J'y vais tout de suite, mademoiselle Rose !

— Vérifie l'ascenseur, il est peut-être bloqué.

— Eh bien, Rose, vous aviez l'air en grande discussion avec Nina.

— Jasper a rompu avec elle. Je vous fais un résumé, Walter ?

— Oh ! Non, je m'en passerai volontiers.

— Où est Jules ? Toujours opérationnel ?

— Oui, Rose. Les images de sa caméra continuent de nous parvenir. L'Agent Deglu tient l'entrée de l'immeuble, mais les Auxiliaires se font décimer.

— C'était inévitable. Ils ont prêté le serment de défendre l'Association…

— … jusqu'à la mort…

— … si nécessaire ! Ils ne seront pas les premiers à tomber.

— Contre d'autres membres de l'Association, Rose ?

— Peu importe. Nous agissons en notre âme et conscience. Nos hommes ont confiance dans notre jugement. Ils savent que ce que nous leur demandons, nous en sommes capables nous aussi.

— Il n'y a donc pas d'alternative ? Gagner et survivre, ou perdre et mourir ?

— Il y a souvent une troisième option, Walter. J'espère qu'elle se dessinera avant qu'il ne soit trop tard…

– Mademoiselle Rose ?

– Oui, Nina ?

– L'ascenseur était bloqué. Au niveau de l'armurerie.

– L'armurerie ?

– Oui, Walter. Et j'ai trouvé le bâton dans le couloir.

– Qu'est-ce que Jasper manigance ? Vous avez une idée, Rose ?

– Il cherche peut-être une arme secrète sur les étagères du Sphinx, ou des plantes pour fabriquer un sortilège ! Que sais-je ? Ce garçon me rendra folle !

IV. Si vous faites la guerre,
faites aussi l'amour !
Car amour vient d'*amor*
– qui point ne meurt.

(Gaston Saint-Langers)

1

Les Abattoirs. À cause de leur allure de château (le côté désuet de l'espèce) et du caractère défendable de l'ensemble, les vampires se sont très tôt approprié l'endroit. Leur roi (un titre honorifique) y réside. Un certain Eusèbe, si ma mémoire est bonne.

« *Tu ne veux pas me dire ce qu'on vient chercher, Jasper ?*

— *Je te l'ai dit, Ombe. Des réponses.*

— *Chez les vampires ?*

— *Chez les vampires. Je peux me concentrer, maintenant ? Merci !* »

J'ai décidé de lui en dire le moins possible. Elle découvrira assez vite la raison de ma présence ici…

— Je suis impatient de vous voir occir les inconscients qui se mettront en travers de votre route, Maître !

— Tais-toi, Ralk'. Tu veux me faire repérer ?

« *Ce démon commence à me plaire, Jasp.*

— *Chut, pas de bruit, j'ai dit.*

— *Tu es le seul à m'entendre…*

— *C'est vrai, Ombe. Mais ça me déconcentre !* »

153

Entre une sœur qui ne sait que foncer tête baissée et un démon qui pense que je suis le maître du monde, je ne sais pas comment je parviens à garder les idées claires !

– Si l'on considère la façon dont cet endroit est défendu, Maître, continue le démon, vous n'aurez pas le choix. À moins d'être invisible !

Invisible ?

Pas de problème, mon vieux Ralk'. C'est un talent de famille.

Je sors de ma sacoche des pétales de rose. L'ingrédient de base d'un sortilège que j'ai utilisé pour m'échapper de l'hôpital.

C'est le sorcier Tristan Fleur de thé qui a consigné le principe de la visualisation florale dans son *Livre des Ombres* : il s'agit de fixer une fleur et d'imaginer le résultat du sortilège.

La rose ouvre la porte sur d'autres dimensions ; elle facilite la navigation entre les mondes. L'idée développée par Tristan est donc, par l'intermédiaire de cette fleur, d'entrer en léger décalage avec ce qui nous entoure, de vibrer sur une fréquence différente pour ne pas être vu ni entendu.

Gagner l'espace ténu qui sépare les mondes.

C'est génialissime !

Le danger, quand on marche sur un fil, sur l'arête étroite d'une frontière, c'est de glisser et de tomber. La dernière fois, j'ai failli ne pas revenir.

Aujourd'hui, c'est différent.

Je serre les pétales dans ma main et ferme les yeux.

Je commence par dessiner la silhouette fragile d'une rose dans ma tête. Je caresse doucement la tige en suivant du doigt le dessin des épines, la forme des feuilles, la consistance presque charnelle de la fleur.

Le parfum capiteux envahit mes poumons. La rose est en moi.

Je cherche alors, comme la dernière fois, la voie d'accès à cet espace que la fleur dissimule. Un endroit semblable à celui-ci, mais où ce qui est blanc devient noir et ce qui est noir devient blanc.

Les mots ensuite glissent tout seuls de ma bouche :

– *Kampilossë! Equen anyë tulya i ettelenna tingala landassë ho Ambar!* Rose ! Je dis : conduis-moi vers des terres étrangères vibrant sur la frontière du monde !

Je n'ai pas pris la peine de fabriquer un pentacle et pourtant, la magie afflue, précédée par un bourdonnement.

La lumière pâlit, se voile, devient noire. Les contours du trottoir où je me trouve baignent dans un flou laiteux. Les rares passants se font brume, les bâtiments alentour toile d'araignée. Le sortilège s'est enclenché en douceur.

Une brume épaisse recouvre la rue comme un pesant catafalque. Est-ce le jour ? Est-ce la nuit ?

Je saute par-dessus le parapet et m'élance en direction de l'immeuble qui abrite les Abattoirs.

Je cours de plus en plus vite. Mon souffle devient léger. Mes foulées s'allongent, j'accélère encore.

Toujours cette sensation de fouler du sable. Mes vêtements noirs sont devenus translucides. Mon visage, mon corps luisent de reflets rouges (rouges ? Ils devraient être noirs !).

Sombre est le ciel couleur de sang.

Le vrombissement s'apaise. Je plante fermement mes doigts dans le mur et grimpe sans effort, saisissant les aspérités ou crochant mes doigts dans le ciment, à la façon d'un piolet.

Les pierres chahutées grésillent.

Je m'arrête devant chaque fenêtre et balaye l'intérieur du regard.

Je distingue des formes immobiles ou mouvantes, semblables à de sombres et tristes fantômes.

Est-ce qu'ils me voient ? Est-ce qu'ils sentent ma présence ?

Ralk' voudrait parler, Ombe cherche à me glisser des mots à l'oreille. Mais où je suis (où ?), je n'entends rien que les battements de mon cœur et les vibrations des mondes qui se touchent, qui se raclent et qui grincent.

Enfin, j'aperçois à l'avant-dernier étage une porte tendue de velours, gardée par un nombre important de vampires sur le qui-vive.

C'est là, je le sais.

Je descelle sans effort une vitre épaisse ouvrant sur un couloir et me coule à l'intérieur.

Je ne suis pas oppressé. Je ne ressens pas le besoin de quitter cet endroit étrange où je suis un guerrier aux yeux rouges.

Je gonfle ma poitrine. Je me sens débordant de force et d'énergie.

Je m'avance souplement en direction de l'appartement VIP.

Les vampires qui gardent la porte s'affolent. Je suis à trois mètres d'eux et ils flairent le danger. J'éprouve une pointe d'admiration pour cette espèce aux sens si développés. Mais ça ne les sauvera pas.

Je me sens plein d'audace. Invincible. Indestructible.

Je marque un temps d'arrêt en reconnaissant, parmi les gardes, les trois jeunes gothiques venus m'interroger sur Ombe, à la fin du concert d'*Alamanyar*, au *Ring*.

Puis je fais encore un pas.

Je vais les égorger, tous, les massacrer comme j'ai massacré les autres dans le manoir, les réduire en bouillie, les...

Qu'est-ce que je raconte ?

Je tremble et je ne sais pas si c'est de colère ou d'effroi.

Qu'est-ce que je viens de dire ? Les massacrer ? Comme dans le manoir ?

Attends, vieux, du calme. Arrête les fantasmes !

Quand tu as découvert le massacre des vampires,

l'autre soir, tu étais horrifié. Tu étais derrière une fenêtre quand ça s'est passé (elle était inexplicablement ouverte…) ; tu dormais (tu faisais un cauchemar, tu tuais des gens dans une arène…).

Respire, Jasper, respire. Tu ne dors plus. Le dormeur s'est réveillé !

Tes actes t'appartiennent.

Je n'ai pas d'armes mais ce sont eux qui tremblent. Je n'ai pas peur. Je m'avance vers eux. Ils se précipitent en hurlant. Lents et maladroits. Une décharge d'adrénaline m'envahit. Je laisse un sourire s'épanouir sur mon visage. J'évite le premier. J'intercepte le second. Mon rire prend possession du palier. Je tourbillonne au milieu des combattants. Inlassablement, impitoyablement, je décime les guerriers. Sans ressentir de fatigue. Sans éprouver de regret. Et je lève les bras vers le ciel rouge.

C'est fini.

L'affrontement a duré moins d'une minute et tous les vampires sont à terre.

Simplement assommés.

Je reste Agent de l'Association, n'est-ce pas ? Même si je ne suis que stagiaire, même si l'Association ressemble ces temps-ci davantage à un concept qu'à une réalité, les Anormaux restent sous ma responsabilité. Ce ne sont pas quelques rêves teintés de rouge qui me feront dévier de mon chemin !

Je pousse les battants de la porte et pénètre dans une vaste pièce au luxe rétro et tapageur.

Une silhouette me tourne le dos.

Assise en tailleur dans un fauteuil élimé, elle contemple l'horizon par la fenêtre. Un corbeau lisse ses plumes sur son épaule.

– Merci d'être venu, Jasper, murmure une voix déformée par la distance entre les mondes…

2

— Rose ! L'Agent Deglu est sur le point de flancher !

— Par tous les dieux, Walter ! Je ne sais pas comment elle a tenu si longtemps.

— Demandez à Nina. La petite est dans la bibliothèque, en contact avec elle depuis plus d'une heure. À lui souffler des encouragements dans l'oreillette.

— Chère Nina ! Notre conversation n'aura pas été inutile.

— Thérèse doit être évacuée, Rose.

— Elle refusera.

— Allons la chercher ! En nous voyant, elle n'osera pas s'obstiner.

— C'est impossible, Walter. Si vous ou moi quittons notre poste, la clé de voûte mystique qui protège l'immeuble s'effondrera.

— Quel fiasco… Les Agents auxiliaires sont morts. Et Thérèse va bientôt succomber sous le nombre. Nous ramassons une vraie raclée !

— À six contre trente-cinq ? Avec trois stagiaires

contre cinq mages ? Je n'appelle pas ça une raclée, Walter.

— À propos de stagiaire… Où est Jasper ?

— Il n'est toujours pas revenu de l'armurerie. Ni vous ni moi, ni même Nina, n'avons pu dégager deux minutes pour le ramener !

— Ça devient franchement inquiétant ! Tant pis pour la porte, je pars à sa recherche.

— Restez avec moi, Walter. La porte a plus besoin de nous que Jasper. Qu'il rumine dans un coin sa rupture avec Nina ou qu'il concocte une arme secrète, l'armurerie est l'endroit le plus sûr de l'immeuble. Il ne risque rien.

— Entre nous, Rose, comment voyez-vous la suite des événements ?

— Franchement, Walter ? Les autres Bureaux de l'Association ne font pas mine de nous rejoindre. Nous sommes seuls. Et dans une impasse.

3

Comment a-t-elle réussi à me voir ?

Le moment de surprise passé, je ressens le besoin de réintégrer mon vrai corps, mes vrais vêtements, mon vrai monde. La fête est finie. Bas les masques.

Ce sont les mots qui me viennent, alors que je verrouille la porte derrière moi.

Est-ce le jour ou bien la nuit ? Tout est si… rouge !

Dans un murmure, je quitte l'espace interstitiel :

– ꝯ ᐱᖲᓴ ᐱᕦᖲᒬᎧᐱᑯꝯᖲ ᐱᎧᎤᒬᕝꝯ ᎧᎧᎧᎧᕝ3
ᵹꝯᕝᎧᐱᑯꝯᶁᵻᑌ ꝯᎧᶁ ᕒꝯᵻ ꝯᖲ ꝯᎧᶁ ᖲᎧᵒᵻᐱᑯᵻ ᕒᎧᖲ
ꝯᵒᎧꝯᖲᓴᐱᑯꝯᖲᑌ A leno leperildar lintavë ninna, kampilossë. Anyë mapa ar anyë entulca mir Ambarlvar. Tends
tes doigts rapidement vers moi, rose. Attrape-moi et
rétablis-moi dans notre monde.

Les sons percent le mur de ouate qui m'entoure, le gémissement de la matière torturée s'estompe.

Les choses reprennent leur couleur, leur consistance.

« Je vois à nouveau ! C'était très flippant, Jasper. Je ne sais pas ce que tu as trafiqué, mais je me suis retrouvée plongée dans le noir, privée de tous mes… enfin, de tous tes sens.

– J'ai utilisé un sortilège.

– *Pour changer…* »

Elle n'a pas encore compris où l'on se trouve.

– Je n'avais pas voyagé dans les marges depuis une éternité, Maître ! C'était formidable !

– Ferme-la, je souffle à Ralk', tandis que mon interlocutrice pivote sur son trône miteux et me fixe.

Bon sang, c'est la copie parfaite d'Ombe !

Le choc est aussi rude que dans la rue Muad'Dib.

Et c'est bien Fafnir qui se tient sur son épaule.

Je ne dis rien. Je me contente de la regarder droit dans les yeux.

Des yeux rouges.

Je ne suis plus si sûr qu'il s'agisse de lentilles de contact…

« *C'est… la fille de l'appartement ?* »

On dirait qu'Ombe (mon Ombe) vient de réaliser ce qui se passe. Elle prend les choses assez calmement. Ou alors, elle est en état de choc.

« *Oui, Ombe. Celle qui te ressemble.*

– *Qu'est-ce qu'elle fait chez les vampires ?*

– *Je ne sais pas.* »

Puis Ombe marmonne des phrases incompréhensibles, avant de s'enfermer dans le silence. C'est bien un état de choc.

L'autre Ombe semble soupirer. Je dis semble parce que – le détail est important – sa poitrine reste immobile. Elle ne respire pas.

– Merci, répète-t-elle avec une voix d'outre-Ombe, un peu grave.

163

— Pourquoi est-ce que tu tenais tant à me voir ?

Elle ne répond pas. Elle est repartie ailleurs.

Fafnir en profite pour quitter son épaule et venir se poser sur la mienne. Il joue à blottir sa tête dans mon cou (une habitude prise lorsqu'il était encore petit scarabée). Il semble heureux de me revoir.

— Là, Fafnir, oui, moi aussi je suis content, je dis au corbeau.

— Rrok, rrok, kraaaaa !

— Maître ? Que se passe-t-il ? Je ne vois rien, placé comme je le suis dans votre besace !

— Ne t'inquiète pas, Ralk'. C'est juste Fafnir, mon… corbeau apprivoisé.

— Un corbeau, Maître ? Excellent choix ! Vous permettez ?

— Permettre quoi ?

— Un instant… Rrooook ? Kraa raak ? Ralk' kraaork ! rrrrrok okkk !

— Krrrrra ! Rrroook rokkk Faaafnoorr kraa ! Tok-tok-tok !

— Vous faites quoi, là ?

— On s'est présentés, Maître ! Ne sommes-nous pas tous les deux vos serviteurs ?

— Tu parles, euh, le corbeau ?

— Pas vous, Maître ?

— Euh, non, enfin, pas vraiment. Je parle le fafnir, c'est déjà pas mal.

Et dire que je me croyais cinglé en dialoguant dans ma tête avec Ombe ! Voilà que je cause à un démon

164

prisonnier d'un miroir qui taille une bavette avec un sortilège piégé dans un cadavre de corbeau…

– Maître ? reprend Ralk' du fond de ma sacoche.

– Quoi encore ?

– J'entends mais je ne vois pas. Ne croyez pas que je me plains, Seigneur, mais votre interlocutrice ne m'est pas inconnue ! Si je pouvais jeter un coup d'œil…

Décidément, je vais de surprise en surprise avec mes acolytes ! Ralk', démon prisonnier, a déjà rencontré une fille qui était encore, il y a dix jours, Agent de l'Association ?

– Ce n'est pas une vilaine ruse de ta part, hein, Ralk' ? je réponds sur un ton menaçant.

– Maître !

Son indignation est sincère.

J'ouvre donc ma sacoche, en sors le miroir de manière qu'il soulève légèrement le rabat. La brume noire qui constitue l'essence de Ralk' se précipite à l'endroit découvert.

– Alors ? je m'enquiers.

– Désolé, Maître. Je ne l'ai jamais vue. Mais le halo mystique qu'elle dégage m'est familier ! Cette fille n'appartient pas à ce monde.

Halo mystique ? Pas de ce monde ? Qu'est-ce que Ralk' veut dire ?

L'Ombre étrange reprend la parole, m'empêchant de mettre de l'ordre dans mes pensées.

4

– Ton miroir magique dit vrai, Jasper.

La tristesse qui imprègne chacun de ses mots me serre le cœur. Je la laisse poursuivre son monologue.

– J'étais morte, continue-t-elle. Je le suis toujours et pourtant je vis. Par le plus sombre des artifices. Par la plus noire des magies.

Chaque phrase est un déchirement. Je ne suis pas le seul à souffrir puisque j'entends, dans ma tête, Ombe hoqueter.

– Une prophétie vampire annonce depuis long-temps la venue d'une reine qui mènera son peuple au-dessus des autres. Par un incompréhensible coup du sort, les plus fanatiques de mes sujets ont décrété que j'étais celle-là…

Bien sûr ! Les trois goths venus me voir au *Ring* avec les photos d'Ombe figuraient parmi les vampires montant la garde…

Goths *save the queen*.

Ça fait enfin tilt !

Le coup du sort dont elle parle a pris l'apparence d'un magazine de mode et d'un article vampiro-gothique pondu par un photographe en mal d'imagination…

— Eusèbe n'est plus roi ? je m'enquiers pour la forme.

Elle secoue la tête.

— Quand je suis morte, continue-t-elle, les vampires ont volé mon corps et ont passé un pacte avec un nécromancien. Celui-ci me ramenait à la vie afin que je devienne la fameuse reine de la prophétie ; en échange, la communauté des vampires renonçait aux contrats en cours pour n'accepter que les siens.

Je crois, hélas, que je connais le sorcier en question.

Pourquoi est-ce que je ne suis pas surpris de savoir Siyah derrière tout ça ?

Ce coup tordu lui ressemble. Sa perversité également.

— Le nécromancien…, je demande, il est maigre, habillé tout en noir, avec une barbiche et un bandeau sur l'œil ?

Elle secoue la tête.

Tiens ! Ce n'est pas Siyah ?

Ma curiosité est piquée au vif et j'attends qu'elle m'en apprenne davantage.

— Le sorcier dont je parle est très grand, avec des cheveux blancs. Il s'habille comme un prince.

J'ai l'impression qu'elle vient de décrire Fulgence !

Bon sang… Fulgence en sorcier réveilleur de morts !

Le chef de la MAD se révèle plus fou que ce que je croyais : il a fait assassiner Ombe par ses sbires, avant de la ressusciter…

La tête me tourne.

Mais pourquoi ?

Indifférente à ma stupeur, elle poursuit :

– Le sortilège du sorcier a réveillé mon corps et ma conscience résiduelle. J'ai cherché à découvrir qui j'étais, en fouillant ma mémoire, en retournant sur les lieux de mon passé. J'ai découvert que je n'étais ni une reine ni une vampire. J'ai essayé d'avertir mes sujets. Ils m'ont enfermée dans ce bâtiment. Depuis, je ne fais que plonger en moi pour comprendre ce que je suis devenue.

La pièce me paraît soudain trop petite.

J'étouffe, assailli par ces nouvelles révélations.

Où est Ombe ? Où est la véritable Ombe ?

Je pose la question mais je possède déjà la réponse : Ombe est en moi, amputée de son corps, mais également là, devant mes yeux, privée de son essence.

– Comment… Comment le nécromancien s'y est-il pris pour te ramener à la vie ? je demande en me raccrochant à des détails pour ne pas perdre pied.

Ombe a réagi à sa manière aux ondes de choc ; elle s'est enfuie, elle s'est enfouie en moi, comme elle sait le faire pour échapper à ce qui lui échappe…

Celle que les vampires considèrent désormais comme leur reine hausse les épaules.

– La magie démonique est terriblement compliquée.

J'ai entendu démonique ? Avec un *d* comme « démon » ?

– De la magie… démonique ? je répète bêtement.

Ma voix déraille.

– Oui, Jasper, assène tranquillement la reine. Le nécromancien est un démon.

Fulgence.

Un démon.

Je n'en reviens pas !

– Tout comme toi, annonce-t-elle sans émotion particulière. N'as-tu pas ramené un corbeau à la vie en usant de cette même magie ? Un corbeau qui s'est senti irrémédiablement attiré par moi, comme le sont deux âmes sœurs. Sans âme.

Fafnir.

J'ai l'explication de son étrange comportement ! N'est-ce pas dans un traité de démonologie que j'ai trouvé la formule utilisée dans mon laboratoire ?

Du calme. Une information à la fois !

Walter et mademoiselle Rose sont-ils au courant pour Fulgence ?

J'imagine que non !

– Lokr' ! Ça y est, Maître, je me rappelle ! Ah, ça me travaillait depuis tout à l'heure. L'empreinte laissée chez cette fille porte la signature de Lokr' !

– C'est un démon ? je demande stupidement, alors que je sais très bien que les noms démoniaques sont remplis de *k* et de *r* détachés.

– Un démon Majeur, Maître. Très, très puissant. Il…

Un vacarme éclate dans mon dos et m'empêche d'entendre Ralk' s'épancher sur le cas de Lokr'. La porte de l'appartement vibre sous des coups rageurs.

Mon intrusion a été découverte.

– J'allais oublier, Jasper, dit encore la reine depuis son fauteuil, indifférente à l'effervescence grandissante. Le premier contrat que j'ai signé avec le sorcier nécromancien te concerne : il te veut, vivant de préférence, mort si on ne peut pas faire autrement.

Avec un chronométrage parfait, la porte cède brutalement et un groupe compact de vampires se rue dans la pièce.

Leur chef m'aperçoit et s'arrête net sous le coup de la stupeur.

Stupeur réciproque, il faut l'avouer.

Séverin en personne, tout feu tout flamme…

Le seul dont la surprise n'a pas cloué le bec, c'est Fafnir ; son « Tok-tok-tok » résume la situation à merveille.

5

– Quelle heureuse surprise !

On s'en doute, ce n'est pas moi qui parle.

– Tout le bonheur est pour toi, je réponds donc à Gueule de charbon.

Derrière Séverin, une impressionnante brochette de vampires est prête à bondir.

Fafnir pousse un long « kraaa » puis quitte mon épaule, plane un moment dans la pièce, l'œil aux aguets. Il s'empare bientôt d'un tee-shirt, le tee-shirt récupéré par la reine dans l'appartement d'Ombe.

Le vêtement dans le bec, flottant comme un étendard, il s'éloigne à grands coups d'ailes en direction de la fenêtre entrouverte.

Bien qu'il soit d'une nature froussarde, mon sortilège m'a habitué à plus de courage. Mais que reste-t-il de lui dans ce corbeau ?

– Libérez-moi, Maître, me supplie Ralk' à voix basse. Accordez-moi la faveur de me battre pour vous. Laissez-moi être votre épée et votre bouclier !

171

C'est tentant. Mais d'une part rien ne me garantit que le démon n'en profitera pas pour s'éclipser, d'autre part je ne sais pas comment le sortir de sa prison.

Je pourrais essayer d'invoquer la fureur rouge qui s'empare de moi, parfois, dans les batailles, mais elle est capricieuse et je n'ai pas l'intention de confier ma vie au hasard.

Je prends donc la seule décision raisonnable.

Suivant l'exemple de mon vieux Fafnir, je balance une ultime vanne (« Désolé les vampires, l'entretien sera pour une autre fois ! »), cours en direction de la fenêtre et, brisant la glace avant de casser l'ambiance, me précipite à l'extérieur.

Un vampire ne s'amuserait pas à sauter du cinquième étage. D'ailleurs, personne ne se lance derrière moi.

Rectification : la reine saute elle aussi…

Je touche le sol beaucoup trop vite. L'impact est effroyable.

Si j'étais toujours Jasper, mes deux jambes seraient brisées. Comme mon bassin. Et mes vertèbres soudées entre elles à jamais.

Heureusement, je ne suis plus Jasper, enfin, plus seulement. Alors, malgré une douleur atroce, je me redresse sans rien de cassé.

Le parking à l'abandon où j'ai terminé ma chute, à l'arrière du bâtiment, est désert. Il serait facile de disparaître. Mais la reine des vampires atterrit tout aussi violemment derrière moi (avec plus d'élégance, il faut le reconnaître) et je m'apprête à défendre chèrement ma peau.

Est-ce que j'arriverai à me battre avec elle en oubliant ce qu'elle est ? Ou plutôt, ce qu'elle a été ?

– Je ne t'ai pas demandé de venir pour que tu repartes si vite, Jasper, me dit-elle.

– Je n'ai pas vraiment le choix, figure-toi. Tes petits copains rêvent de me mettre en pièces ! Tu m'as avoué toi-même que j'étais leur cible principale.

– C'est pour ça que je vais t'aider.

Elle me tend la main.

Un bref instant de surprise et je la saisis, trop heureux de ne pas l'affronter.

Sa chair est froide. Dure comme le marbre. Désertée par la vie.

La reine des vampires m'entraîne jusqu'à un soupirail qu'elle ouvre d'un coup de botte. Nous nous glissons par l'ouverture.

– Nous serons tranquilles ici, déclare-t-elle.

La cave où nous avons trouvé refuge est effectivement murée.

– Tes copains finiront par nous trouver, je rétorque, désabusé.

– Ce qu'il adviendra après n'a pas d'importance, Jasper.

– Parle clairement, je ne comprends rien !

La reine fixe sur moi son regard rouge, parcouru de rares reflets bleutés. Il y a en elle des fragments

173

de l'Ombe que j'ai aimée et je sens des frissons me parcourir.

– Je souffre, Jasper, terriblement. Je me consume à l'intérieur d'un feu dont le sortilège mauvais n'est pas uniquement responsable. Je veux en finir.

– En finir ?

Cette manie de répéter ce qu'on me dit quand je refuse d'entendre !

– Tu es le seul capable de mettre un terme aux artifices du nécromancien, m'explique-t-elle, avec dans la voix une douceur jusque-là absente. Tu es un magicien et tu es un démon, comme celui qui m'a infligé cette épreuve. Romps le charme, Jasper ! Libère-moi !

« Fais ce qu'elle te demande, Jasper, pour l'amour de moi…

– Ombe ! Tu es revenue quand ?

– Quand tu as sauté.

– Tu es sûre, pour le charme ? Parce que là, à l'instant, je pense à quelque chose : j'ai réussi à transférer l'esprit de Fafnir dans le corps d'un oiseau ! Tu ne voudrais pas que j'essaye de…

– Jasper ! Fafnir est un sortilège, pas une âme ! Il y a des actes qui ne se font pas, ou du moins qui ne devraient pas se faire. Ce qui est advenu ne peut être changé. Seulement arrangé… »

Je m'en veux aussitôt d'avoir songé à transférer Ombe dans le corps de la reine. Un corps glacé, qui mérite le repos qu'un dément lui a refusé.

– C'est d'accord, je réponds à la reine en lui offrant un sourire forcé.

« Merci, *petit frère*.

– *Tu me remercieras quand ça sera fini. Parce que j'ai bien une idée sur la façon de procéder, mais je ne sais pas si ça va marcher.*

– *J'ai confiance en toi.* »

Il ne me reste plus qu'à avoir aussi confiance en moi.

6

Je sors de ma sacoche le miroir qui me gêne dans ma quête d'ingrédients et je le pose contre un mur. Un coup d'œil me rassure quant à la santé de Ralk', qui danse sa joie d'être revenu à l'air libre. La chute du cinquième étage ne semble pas l'avoir traumatisé.

Je déniche ensuite un sac de toile rempli de sel gris. Je vais construire un pentacle. Est-ce que je dois m'isoler de la reine ? Nous isoler tous les deux ? J'opte instinctivement pour une troisième option : je trace mon cercle autour d'elle.

Récapitulons : j'ai déplacé Fafnir d'une gourmette dans un corbeau. Si je devais défaire mon sort, je suivrais la procédure inverse, en choisissant un autre support. Mais dans le cas de la reine, où renvoyer le sortilège ?

Le chasser de son corps, c'est entendu. Mais une fois à l'air libre ?

Le seul ouvrage qui pourrait m'éclairer, celui du père Cornélius, est resté chez moi. Il faut bien avouer que je manque cruellement de pratique en magie démonique !

Mon regard erre un moment dans la cave avant de se poser sur le miroir. J'aurais dû y penser tout de suite.

– Ralk' ?

– Oui, Maître ?

– Je vais procéder à la libération de la reine. Tu connais le processus ?

– En théorie, Maître. Je n'ai jamais pratiqué le rituel, pour la bonne raison que j'en suis incapable ! Seuls les démons Majeurs s'y risquent, Maître.

– Est-ce que je suis un démon Majeur, Ralk' ?

– Vous êtes un Maître démon, Seigneur !

– Je suppose que ça veut dire oui. Ralk' ?

– Maître ?

– Tu accepterais de me servir d'assistant pour le rituel ?

– C'est un grand honneur que vous me faites, Maître. J'accepte avec joie !

– Génial ! Dans quoi dois-je transférer le sortilège afin qu'il cesse de nuire ?

– Une gousse d'ail ferait l'affaire.

– De l'ail ? Tu te moques de moi !

– Maître !

– Bon, d'accord, une gousse d'ail.

J'en trouve une dans ma besace. Je fouille ensuite les poches de mon manteau à la recherche d'un petit sac en plastique fermé par un élastique. Je me félicite d'avoir recueilli les restes du mélange d'herbes et de phrases elfiques avec lequel j'ai retardé la putréfaction du corbeau et activé le transfert de Fafnir vers son nouveau corps.

J'ouvre le sachet, libérant le parfum prégnant des plantes, et je tends à Ombe la gousse d'ail.

— Serre-la dans ta main et ne la lâche sous aucun prétexte, je l'avertis.

Preuve s'il en fallait qu'Ombe n'est jamais devenue vampire, le contact avec l'ail ne la gêne absolument pas.

Je répands ensuite les plantes broyées sur sa tête.

— Je vais prononcer une incantation. Si tout se passe comme je le souhaite, le sortilège qui te maintient en vie s'évanouira. Cela signifie…

— Que je serai libre, Jasper, me coupe la reine.

— Je veux juste, hum, te dire que…

À quoi bon un adieu que je n'ai jamais pu faire ? Mon amie est morte sur sa moto. Celle qui se tient devant moi n'est qu'un mirage, l'image figée d'un passé révolu.

— Je sais, Jasper, répond-elle calmement. Je… Ombe t'aimait aussi.

Un sourire apaisé éclaire son visage trop blanc.

« Vas-y, Jasper. Je t'en prie… »

J'hésite une fraction de seconde puis recule, murmurant les runes qui donneront naissance au pentacle et m'interdiront tout retour en arrière.

Avec une facilité déconcertante, le sel se transforme en muraille translucide. Dire que je n'ai pas eu besoin de convoquer les éléments ni de tracer les signes pour parvenir à ce résultat...

Un champ de force emprisonne désormais la reine, plus solide que la plus sûre des prisons. Je pourrais la laisser là et prendre (lâchement) la poudre d'escampette. Mais j'ai promis à Ombe.

Je prends donc mon inspiration et prononce l'incantation du père Vito Cornélius :

– Sarraaa olvvaaa, arrwaaa luiinë uulwe, aaa haaahamë sulëëë arrrauco ; pioosennaaa, arrwaaa luiinë olvoo coinnaaa, aaa maanwaaa vaiinë ; annantaaa tyye, tamuuril, aaa lavvë saanwë-mmantaaa... *Plante amère, avec l'aide du frêne, convoque le souffle du démon ; houx, avec l'aide de la plante vive, prépare l'enveloppe ; et toi, if, permets le transfert...* Equeen : ullwe aaa senëët anddo aavëaaa! Eqquen : anddo avëëaaa arrr piiosennaaa, aaa ppalyal ittilaaa hhlinë, aaa ciiral llandarrr peellaaa, miinnaaa hhellë assto, aaa tuuvëal sulëëë arrrauco! *Je dis : frêne, libère la porte de l'au-delà! Je dis : genévrier et houx, ouvrez largement la toile d'araignée étincelante, naviguez au-delà des frontières, dans le ciel de poussière, trouvez le souffle du démon!* Equenn : sulëëë arrrauco arrr vaaarrno Faanëë aaa nuutildë! *Je dis mélangez-vous, souffle de démon et protecteur blanc!*

Mon quenya est aussi bizarrement guttural que la dernière fois.

De l'autre côté des murs du pentacle, une substance épaisse abandonne à regret, en longs filets noirâtres, le corps de la reine des vampires.

Au contact du sol, le fluide grésille, se change en brume opaque.

Puis, irrésistiblement aspiré par la gousse que la reine tient dans la main, le sortilège démoniaque se dissout, pendant que l'ail se nécrose et noircit.

Lentement, très lentement, le corps de la reine s'affaisse et tombe sur le sol.

« C'est fini, Jasper. C'est fini. Enfin… »

– C'était du travail d'artiste, Maître !

Un drôle d'artiste, Ralk', qui joue avec la vie comme d'autres avec les couleurs.

Un sentiment étrange m'envahit, mélange de tristesse et de soulagement.

Tout le monde n'a pas la chance, odieuse et cruelle, de revenir en arrière pour dire enfin adieu à ceux qu'on aime.

Je contemple, sans bouger, mon amie morte pour la seconde fois.

7

« Jasper ? »

Des cris nous parviennent par le soupirail. Les vampires ont entrepris de fouiller méthodiquement les abords de l'immeuble.

J'arrache mon regard du corps de la reine et du sourire figé sur son visage.

« Elle restera comme elle est, grâce aux plantes et à la magie du pentacle. Personne ne la touchera plus. Personne.

– Jasper, il faut partir.

– J'arrive, Ombe. »

Je fais un pas en direction du soupirail.

– Hum… Maître ? Eh ! Maître !

J'allais oublier Ralk', posé contre le mur au fond de la pièce.

– Désolé, vieux, je murmure en glissant le miroir dans ma sacoche. J'avais la tête ailleurs.

– J'ai l'habitude de rester seul, Maître, ce n'est pas ça qui m'effraye.

– Un démon connaît la peur ?

– Oh oui, Maître ! Un démon craint l'ail et le mille-pertuis, le jais et la turquoise, le cuivre et l'antimoine. Il a peur des autres démons plus puissants que lui – c'est pour cela qu'il s'attache les bonnes grâces d'un protecteur ! Il s'inquiète aussi des sorciers invocateurs qui peuvent le retenir dans le monde des hommes. Et puis il redoute le pouvoir des oyuns, ces maudits chamanes qui n'hésitent pas à traquer les démons comme on chasse du gibier.

– Tu as peur de tout ça, Ralk' ?

– Oui, Maître. Mais pas seulement.

– De quoi d'autre ?

– J'ai peur du noir, Maître.

Malgré le côté dramatique de la situation et la honte que je décèle dans sa voix, je manque d'éclater de rire. Un démon qui a peur du noir !

– Mademoiselle Rose ne t'a jamais torturé, je le gronde. Et la liberté, tu t'en moques. En réalité, tu ne supportais pas de rester dans l'obscurité de son appartement !

– Vous avez raison, Maître. Honte sur moi ! J'ai cherché à vous tromper. Mais votre clairvoyance exceptionnelle et l'intelligence puissante de…

– Arrête de fayoter, Ralk', ça ne marche pas avec moi.

– Ah bon ? Les Maîtres démons adorent qu'on les flatte, pourtant.

– Ralk', il ne fait jamais noir dans ton monde ?

– Non, Maître. Le Nûr-Burzum est éclairé en

182

permanence par les flammes rouges de Ghâsh-lug, la montagne de feu. Vous connaissez le poème : Ghaash agh akûl! Karn ghaamp agh nût…

— «Feu et glace», je traduis à voix basse. «Rouge sont la terre et le ciel.»

«C'est très touchant mais il faut bouger, Jasper.

— Désolé, Ombe. Tu te rends compte que je comprends le… démonique?

— On dit le Parler Noir.

— Comment tu sais ça, toi?

— Je le sais, c'est tout. Bon, tu te décides?

— Oui, oui, j'y vais!»

Comme j'aimerais avoir le temps de traiter les dizaines d'informations qui me tombent dessus depuis quelques heures!

Mais Ombe a raison.

Chaque chose en son temps.

8

Je m'approche du soupirail pour jauger la situation. Elle n'est pas fameuse.

Les abords des Abattoirs grouillent de vampires.

Je n'ai pas d'autre solution que regagner la frontière des mondes pour me dissimuler à leurs yeux. En espérant que les gardes que j'ai rossés (un mot pudique pour évoquer la raclée que je leur ai mise) n'aient pas parlé de la menace fantôme…

Je ferme les paupières. J'ai jeté les pétales de rose, tout à l'heure. J'espère que leur souvenir suffira. Je me concentre du mieux que je peux et prononce la formule où il est question de terres étrangères et de frontière vibrante.

Le bourdonnement familier peine à surgir. La cave où je me trouve se nimbe d'une vague lueur blanchâtre et les silhouettes, dehors, sont à peine floues.

Le sortilège s'est bel et bien mis en route, mais de façon imparfaite. Je ne suis pas devenu invisible, juste difficile à voir.

C'est, hélas, insuffisant pour prendre la tangente.

Voilà que je pèche par orgueil, maintenant. Parce que la magie ne s'est jamais comportée aussi docilement avec moi, j'imagine que je peux brûler ou négliger les étapes ! Le sortilège des roses exige des roses, point final. Et pas des souvenirs de roses.

Je me mords la lèvre. La leçon est retenue. Même si, pour l'heure, ça ne règle pas mes affaires.

– *Kraaa ! Kraaa !*

Un éclair de lumière rouge, un bon mal de crâne. Je suis en connexion avec Fafnir. Établie par lui, comme la dernière fois.

– *Kraaa ! Kraaa ! Kraaabattt !*

J'ai mal entendu…

– *Kraaa !*

Je préfère ça !

– *Rrroook rokkk kaaasparr !*

Est-ce que je deviens fou ? Fafnir a prononcé mon nom ! Enfin, il a dit Kaspar, ce qui y ressemble.

Je me rappelle avoir lu dans le *Livre des Ombres* d'un certain Georges le Freux que les corvidés sont capables d'imiter les sons de leur environnement, voix humaine comprise. Ils poussent aussi des cris d'alarme, de vol et de poursuite, produisent des sons non vocaux, parmi lesquels sifflements d'ailes et claquements de bec (entre Ombe, Ralk' et Fafnir, je vais me pencher d'urgence sur un sortilège de silence !).

À travers le filtre rouge des yeux du corbeau, je

vois mon fidèle espion survoler l'avenue Vonnegut,
qui conduit aux Abattoirs.

Tout en regrettant d'avoir douté de lui, je constate
qu'il ne vient pas seul : marchant au pas de course,
une centaine d'hommes se dirigent vers la forteresse
des vampires.

9

J'ai dit hommes ? Pardon. Loups-garous serait une appellation plus conforme. Certains se transforment déjà.

– Rooook ! Faaafnoorr krrra krrra karrrou rokkk ! Tok !

Comprends rien.

– Ralk' ?

– Maître ?

– Que signifie « Rooook ! Faaafnoorr krrra krrra karrrou rokkk ! Tok ! » ?

– En substance, que Fafnir est allé chercher les garous pour vous tirer de là.

– Merci, Ralk'.

– Serviteur !

Georges l'Affreux a aussi écrit que les corbeaux étaient des oiseaux très intelligents. L'ADN d'une de ces bestioles combinée à l'essence fafnirienne ne pouvait donner que de l'explosif !

Retour dans la caboche de ce satané oiseau.

Je distingue maintenant Nacelnik, à la tête des lycans.

Je comprends alors comment Fafnir a réussi à le convaincre. Et comment le chef du clan des entrepôts est parvenu, en si peu de temps, à regrouper autant de garous.

Serré dans le poing de Nacelnik, il y a le tee-shirt d'Ombe.

Le lycan vient pour ma sœur.

Appelé par la seule force des souvenirs.

S'il s'est mis en tête que les vampires ont joué un rôle dans sa mort, la bataille risque d'être brutale…

Peu importe, elle tombe à poing nommé (si j'ose dire). Dans la cohue générée par l'affrontement, je pourrai mettre les voiles en douceur.

Les vampires comprennent enfin ce qui se passe. Des cris sont lancés, des avertissements échangés. Les guerriers de l'ex-reine prennent position pour accueillir leurs ennemis de toujours.

La voie du soupirail est à nouveau dégagée.

Je m'y engage souplement, pose le pied sur le goudron de la cour.

Les combats ont commencé. Je cherche des yeux Nacelnik, puis Séverin. Je les aperçois tous les deux à la tête de leur troupe.

« Jasper ! C'est Nacelnik ! Là-bas ! Il se bat contre des vampires ! Il faut l'aider ! »

Ma curiosité me perdra !

« *Qu'est-ce que tu attends ? Par les cornes de Belzé-buth, Jasper, action !* »

Agir ? J'hésite. Il serait certes honorable d'aider ceux qui sont venus à notre secours. D'un autre côté… j'ai mieux à faire.

Mieux et, surtout, plus important.

– Suivez vos pas, Maître, tracez votre route, intervient Ralk' qui, depuis le miroir dépassant de ma sacoche, a compris mon dilemme. Vampires et lycans n'ont pas besoin de vous, ni pour déclencher leur ancestrale querelle, ni pour la régler.

– Serais-tu philosophe dans le Nûr-Burzum ?

– J'ai été l'intendant d'un démon Majeur, Maître. Cela oblige à être philosophe !

– Je vais suivre ton conseil, Ralk', parce que c'est aussi ce que je crois.

« *Jasper ! N'écoute pas ce démon ! Nacelnik est un ami, il faut l'aider !*

– *Nacelnik est peut-être un ami, mais je ne l'aiderai pas.*

– *Hein ?*

– *Il est venu avec sa propre armée, il se bat d'égal à égal avec les vampires.*

– *Tu peux faire pencher la balance ! Jasper, s'il te plaît !*

– *Non.*

– *Maudit soit ce démon avec ses conseils !*

– *J'ai peur que Ralk' ne soit maudit depuis longtemps.*

– *Jasper, pour l'amour de m…*

– *Stop ! Arrête ça ! J'ai répondu aux attentes de la*

reine, dans la cave, pour l'amour de toi et parce que tu avais raison. Mes hésitations étaient purement égoïstes. Maintenant, la situation est inversée. Je ne me jetterai pas dans la bataille pour tes beaux yeux, ou plutôt pour ceux de ton garou.

— Jasper…

— L'inimitié entre lycans et nosferatus est ancienne, Ombe. La bataille de Nacelnik n'est pas la mienne. Je suis peut-être un démon, mais j'ai choisi mon camp dans la ruelle où le Sphinx est mort. Fulgence en a choisi un autre. Je dois venir en aide à mes amis et affronter ce monstre ! »

Ombe n'est pas en état de répondre. Elle suffoque de colère et tout mon être le ressent.

Tant pis, elle se calmera.

Il faut savoir écouter notre conscience, quelles qu'en soient les conséquences.

Je m'empresse de quitter le lieu de l'affrontement.

Occupés à se battre, ni les vampires ni les garous ne se sont aperçus de ma présence.

10

— Mademoiselle Rose…

— Oui, Nina ?

— Mme Deglu… Elle est… Elle a…

— Thérèse a succombé !

— Elle était… si… courageuse !

— Viens là, ma fille, contre moi. Chuuut ! C'est ça, calme-toi.

— Oh, mademoiselle Rose ! Je regrette tant… de ne pas avoir pu… mieux l'aider !

— Tu as fait ce que tu pouvais, Nina.

— Parlez-moi d'elle… J'aurais voulu… la connaître… avant !

— Thérèse a toujours été attachée au Bureau de Paris. Elle était là quand je suis arrivée. C'était un bon Agent, pas très doué pour les enquêtes mais redoutable les armes à la main. Walter l'a mise à la retraite quand il a pris la direction du Bureau. Elle s'est très vite ennuyée et elle a harcelé Walter pour qu'il revienne sur sa décision. Plutôt que de la renvoyer sur le terrain, il l'a nommée gardienne et lui a confié la sécurité de l'immeuble. Elle n'était pas bavarde mais directe. Elle était aussi très… maternelle avec nous trois, le Sphinx, Walter et moi.

– Mademoiselle Rose… À vous entendre, ça ne vous touche pas vraiment. Vous ne ressentez rien pour elle ?

– Crois-tu, jeune fille, que je peux m'offrir le luxe du chagrin, là, maintenant ?

– Je…

– Crois-tu que je n'ai pas pleuré la mort du Sphinx, et que celle de Thérèse ne remplit pas mon cœur de douleur et de colère ?

– Ce n'est pas ce que…

– Avant de penser aux morts, Nina, mon devoir est de m'occuper des vivants.

– Dites-moi ce que je dois faire !

– Reprends ton poste. Garde le contact avec Jules et…

– Mademoiselle Rose ! Les bâtons ! Ils deviennent incandescents !

– Nos défenses sont en train de céder. La charge mystique est trop forte ! Walter, venez m'aider !

– Voilà, Rose, voilà !

– Walter ! Mademoiselle Rose ! Je ne veux pas mourir ! S'il vous plaît !

– Inutile d'utiliser ton pouvoir, Nina. La situation n'est plus entre nos mains.

– On pourrait rejoindre Jasper et se réfugier dans l'armurerie. Qu'en pensez-vous, Rose ?

— C'est trop dangereux, Walter. L'immeuble risque de s'effondrer d'un moment à l'autre. Imaginez que ça nous arrive dans l'ascenseur ! Mieux vaut rester près de la porte, elle reste notre meilleure défense.

— Vous avez raison. Mais dans ce cas, Rose, il faut abandonner les bâtons-foudres et se tourner vers d'autres artefacts !

— Vous pensez à quoi, Walter ?

— À des porte-bonheur ! Je vous suggère de vous agripper à ce qui vous est le plus cher.

— Votre façon de voir, Walter, n'est pas très optimiste.

— Ma vie entière, pourtant, illustre le fameux adage « L'espoir fait vivre ». Vous ne croyez pas, Rose ?

— Oui, Walter, sûrement. Allez, je vais m'agripper à la porte !

— Et toi, Nina ?

— À la gourmette que m'a donnée Jasper.

— Et vous, Walter, à quoi allez-vous vous confier ?

— En ce qui me concerne, Rose, ne le prenez pas mal, mais je vais m'agripper à vous !

V. Les obstacles sont faits pour être élevés…

(Gaston Saint-Langers)

1

Depuis les Abattoirs jusqu'à la rue du Horla, il faut presque une heure en marchant et pas loin de quarante minutes en métro.

C'est pourquoi, une fois quittée la frontière semi-brumeuse pour un monde plus stable, je décide de courir.

Ma besace battant contre la hanche, mon manteau flottant derrière moi dans le vent de la course, je m'abandonne au plaisir des foulées que je déroule sur le trottoir.

J'aspire goulûment l'air froid de la nuit.

Mon cœur s'est mis en mode métronome et ma respiration reste régulière.

Fulgence.

Comment un démon a-t-il pu devenir le grand patron de l'Association, dont la raison d'être est de lutter contre les démons ?

Et pourquoi veut-il m'éliminer si je suis comme lui ?

Cette histoire me dépasse. Elle nous dépasse tous.

Elle abrite un secret. Une conspiration dont je ne saisis ni les tenants ni les aboutissants.

Mais l'essentiel, c'est que ma nature démoniaque ne m'interdise pas de choisir mon camp. C'est l'Association que je sers. Je sais qui je dois combattre – et protéger.

Ma course se nimbe de rouge.

Loin de m'épuiser, l'effort m'électrise.

Des images naissent sous mon crâne. Des lambeaux de rêves.

Non, pas de rêves, de souvenirs.

Les souvenirs d'une existence que je n'ai jamais vécue.

Je laisse derrière moi des empreintes profondes.

Ces images ne m'effrayent plus.

Peut-on être entier en refusant une part de soi ?

« Accepte-toi toi-même et deviens celui que tu veux », écrivait ce cher Saint-Langers.

Les rares passants que je croise se meuvent au ralenti.

Mes sens sont exacerbés.

Je devine avant de voir, j'entends sans avoir à écouter ; mille odeurs se bousculent dans mes narines.

Nacelnik va-t-il s'en sortir contre les vampires ? Je l'espère. Pourtant, je ressens une sorte d'indifférence.

Chacun doit accomplir son destin.

Le mien n'est plus derrière, il est devant.

2

À l'approche de l'esplanade Hervé Jubert, fréquen-
tée l'été par de nombreux vagabonds et encombrée
l'hiver par les stigmates de travaux chaotiques, je
ralentis.

Je ressens l'imminence d'un danger.

Des vampires ?

Peu importe. Lorsque deux silhouettes surgissent
d'un tas de gravats, je suis prêt.

Enfin, presque…

– Romu ?

C'est bien lui.

Mon ami, camarade de classe et bassiste du groupe
rock *Alamanyar*, se tient devant moi, habillé comme
un métalleux, les cheveux longs tenus en arrière par
un lacet de cuir, le regard brillant, un sourire méprisant aux lèvres.

À côté de lui, moulée dans une tenue de motarde,
une blonde sculpturale que je n'ai aucun mal à reconnaître : Lucile, l'ancienne colocataire d'Ombe.

Les deux assassins du Sphinx.

« *Après les vampires, les faux camarades…*

— *Je donnerais cher pour savoir ce qui était sincère ou non dans le comportement de Romu. Ça me paraît tellement dingue, ce double jeu ! Bon sang, on a partagé des trucs hyper-forts !*

— *Jasper ?*

— *Oui, Ombe ?*

— *Tu ne m'en veux pas ?*

— *Pourquoi je t'en voudrais ?*

— *Pour ce que je t'ai dit, tout à l'heure. Pour ma fureur, quand tu n'as pas voulu aider Nacelnik.*

— *Les frères et les sœurs se disputent souvent. Et puis… tu es impuissante, Ombe, tu voudrais agir et tu ne peux pas. Les mots sont tout ce qui te reste.* »

— Jasper ! Où cours-tu comme ça, vieux frère ?

— Je ne suis pas ton frère, Romuald, je réponds en serrant les poings. Je ne le suis plus, après ce que tu as fait… Comment saviez-vous que je venais ?

— Tu es en colère. C'est parfait. Tes émotions te trahissent, elles se répercutent sur le halo mystique que tu dégages et te rendent plus facile à repérer.

— Tais-toi, il est beau ! s'exclame Lucile d'une voix gourmande, en s'approchant de Romu et en s'accrochant tendrement à son bras. La colère va bien aux gens de notre espèce !

— Je n'appartiens pas à votre espèce, je rétorque. C'est celle des traîtres et des meurtriers !

— Il est craquant, continue Lucile en m'assenant

200

un clin d'œil égrillard qui a pour effet de me faire rougir (je maîtrise mieux les effets de la magie elfique que ceux des sortilèges féminins).

– Jasper, Jasper, soupire Romu en secouant la tête. Tu es idiot ! Tu ne comprends donc rien ?

Comprendre quoi ? Que ces deux-là s'apprêtent à passer un sale quart d'heure ? Que je vais les assommer et les enchaîner dans un endroit discret, en attendant que la situation s'arrange et qu'ils soient jugés ?

Tout mon être bouillonne de la rage d'avoir été trahi par celui que je considérais comme un ami. Je lui ai confié des secrets ! J'ai partagé avec lui mes doutes, et plus encore : mes espoirs.

« Les faiblesses s'excusent, les trahisons se châtient. »

Saint-Langers et moi, on est sur la même longueur d'onde.

3

– Maître ? me chuchote Ralk' de manière que je sois seul à l'entendre.

– Qu'est-ce qu'il y a ? je réponds sur le même ton.

– Le garçon et la fille auxquels vous parlez…

– Eh bien ? Crache le morceau, Ralk' !

– Ce sont aussi des démons.

Ah bon ? Mais bien sûr ! Et ma prof de français, et le facteur, tout le monde est un démon !

– Quand la fille parle d'espèce commune, continue Ralk' pour me convaincre, elle fait allusion aux démons. Pareil pour le garçon, Maître : les démons possèdent une signature mystique qui sert à… marquer leur territoire.

– Comme des chiens. Charmant ! Alors tu es en train de suggérer que Romuald et Lucile sont… comme moi ?

– En quelque sorte, Maître. Mais un cran en dessous – si j'ose dire ! – puisqu'ils portent la marque des démons Majeurs.

Des démons Majeurs. Il ne manquait plus que ça.

– Tu as perdu ta langue, beau brun ? lance Lucile, railleuse.

La motarde commence à me monter au nez.

– Ça suffit ! je m'exclame. Au nom de l'Association, je vous ordonne de vous rendre. Vous êtes accusés d'avoir tué un Agent connu sous le nom de Sphinx et d'avoir essayé de m'en rendre responsable. Un procès équitable aura lieu et…

Un double éclat de rire interrompt ma tirade.

– Excellent ! Je ne te connaissais pas ces talents de comique, Jasper, dit Romu en faisant mine d'applaudir.

– Le pauvre chéri ! enchaîne Lucile. Regarde, il a l'air tout désappointé ! Son petit discours n'a pas eu l'effet escompté.

La blondiale (blonde glaciale, pour rappel), devenue blondope (pas besoin d'explication), se trompe. D'un bond, je suis sur elle et la gifle à toute volée. Puis je colle un direct à mon ancien camarade.

Ils vacillent un bref instant avant de se tourner vers moi.

Les yeux de Romuald sont devenus des puits de ténèbres et Lucile feule de rage comme un fauve blessé.

– Tu n'aurais pas dû faire ça, gronde Romu.

Là, je le crois volontiers.

Parce que mes coups, qui auraient allongé n'importe quel vampire ou lycan, les ont à peine ébranlés.

4

Je recule et adopte une position de garde, persuadé qu'ils profiteront de leur avantage numérique pour me sauter dessus.

Je me trompe (encore). Romu, bras levés, invoque un sortilège.

Cette fois, je reconnais instantanément la langue dont il se sert. Le démon du hangar, juste avant qu'il me bombarde de boules de feu, avait utilisé la même. Otchi également, dans l'appartement des spirites, pour appeler les spectres.

Ralk' a raison : Lucile et Romuald sont d'essence démoniaque.

Mais alors…

Je me demandais quels intérêts ils pouvaient servir !

Comme Obi-Wan, le maître Jedi désemparé par le choix de son ancien apprenti, Anakin, qui, en embrassant les ténèbres, est devenu Dark Vador, j'ai voulu comprendre.

Parce que je n'ai pu m'empêcher de voir en Romuald

et Lucile le couple qu'on aurait formé, Ombe et moi, si elle était restée vivante.

J'ai donc échafaudé moult hypothèses sur leurs motivations, sur la raison qui les a poussés vers le côté obscur, sur le moment où ils ont basculé.

Toutes ces questions n'avaient pas lieu d'être.

Romu et Lucile sont contre nous depuis le début. Et contre l'Association depuis toujours. Démons, ils servent la cause d'un autre démon, plus puissant.

Et qui d'autre que Fulgence ?

Mon ancien camarade ne se trompait pas : je suis bel et bien un idiot.

– Ralk' ? j'appelle doucement.

– Oui, Maître ?

– Quelles sont mes chances face à deux démons Majeurs ?

– Théoriquement, Maître, vous êtes plus puissant que chacun d'eux.

– Et pratiquement ?

– Ils sont deux, Maître. Vos chances sont… réduites.

– Pourquoi n'attaquent-ils pas, alors ?

– Je ne sais pas, Maître. Ils ne le montrent pas mais vous les impressionnez. Ils pensent peut-être avoir plus aisément le dessus en utilisant la magie démonique. Le garçon qui incante semble doué.

– Génial, je soupire. Tu aurais une idée pour me sortir de ce mauvais pas ?

– Je réfléchis… Prendre vos jambes à votre cou, peut-être ?

– Et si je te libérais ? Tu pourrais faire pencher la balance !

– Me libérer, Maître ? Mille fois oui ! Mais… ce serait malhonnête d'accepter votre offre. Je suis un démon mineur. Mon aide serait dérisoire.

– Ta franchise t'honore, Ralk'.

– Merci, Maître. Je dis vrai : comme vous en avez fait l'expérience, même les vampires et les loups-garous ne pèsent pas lourd face à des Maîtres démons ou à des démons Majeurs. Je ne vois guère que les trolls qui pourraient, sur ce monde en tout cas, leur tenir tête. Rien n'est plus fort qu'un troll. Mais à supposer que vous en connaissiez, je doute qu'ils soient nombreux à se balader en ville…

Des trolls ? J'en connais un qui en vaut dix à lui seul ! Mais il y a peu de chance, en effet, pour qu'il soit en train de faire les soldes dans le quartier.

Fouillant fébrilement dans ma sacoche à la recherche d'une bonne idée, ma main heurte un objet que j'avais oublié.

Une statuette.

La statuette qu'Erglug m'avait offerte en cadeau, à la fin de notre aventure commune contre Siyah !

Une statuette en os représentant, de façon grossière, un troll et sa massue.

Erglug m'avait dit, je crois : « Si un jour tu es en danger, utilise-la ! »

J'avais cru qu'il s'agissait d'un objet magique et il avait éclaté de rire, en précisant que la figurine devait simplement me rappeler d'être fort et courageux. Erglug ne sait pas que ce qui différencie un simple objet d'un artefact, c'est justement la magie.

Je dois absolument empêcher Romuald d'aller au bout de son incantation. Si je parviens à le déconcentrer, il sera obligé de tout recommencer.

« Pour se sortir d'un mauvais pas, ce n'est pas compliqué : il faut aller au plus simple ! »

Écoutant le conseil du hussard philosophe, je prends une pierre et je la lance de toutes mes forces sur Romu.

Bim ! En pleine tête !

Il pousse un cri puis jure affreusement.

Ça lui apprendra à faire les choses dans l'ordre et à construire un pentacle avant d'incanter.

5

Lucile se place devant Romu, en protection. À la moindre alerte, elle abandonnera Romu à sa magie pour me sauter dessus. Je n'ai pas le droit à l'erreur.

Impossible de bâtir une protection. Ou de sortir chaudron et brasero de ma sacoche. Pourtant, j'ai besoin d'eau chaude !

Je repère une flaque à moins d'un mètre.

Je tends ma volonté dans sa direction et murmure un mot en quenya :

– Λɑɑ lɑuuuτɑɑɑ… *Chauffe*…

Instantanément, la flaque d'eau entre en ébullition. Je ne m'attendais pas à un résultat aussi rapide !

– Mon Seigneur est vraiment un maître des sombres sorts, souffle Ralk'.

Je sens une telle sincérité, un tel respect dans la voix du démon, que je me prends à espérer.

Je jette dans la flaque la figurine en os, en même temps qu'une poignée d'épines de genévrier.

– Ɛquennn : ɑɑ eccoïττττɑ lëëë neτyyyɑlë ɑχχχονɑ… *Je dis : réveille-toi, ornement en os*…

J'ai toute l'attention de la statuette, qui est devenue (n'en déplaise à Erglug) un objet réellement magique.

Lucile ne m'observe plus que du coin de l'œil, son attention tournée vers Romu qui prononce à présent les derniers mots du sortilège.

Je vais déguster si je ne me dépêche pas !

— Equeeeen : aaando aaavëa arrr netyyyalëëë axooova, aaa ciiiral laaaandar peeeella, minnnnna hhhcllë asssto, aa tttuvëal miiiici Saquinnndi lairrrrëmo mahhhhtar collllindo sandauuuua Erglullg arrr sëëë aaa nahhhomil ! Hannntanyël ! *Je dis : porte de l'audelà et ornement en os, naviguez au-delà des frontières, dans le ciel de poussière, trouvez parmi les Ogres cannibales le poète guerrier du nom d'Erglug et convoquez-le ! Je vous remercie !*

L'eau de la flaque s'évapore en sifflant, emportant la statuette dans les limbes.

— Si je peux encore me permettre, Seigneur, vous avez fait du très beau travail. C'est un bonheur de vous entendre incanter en Parler Noir !

— C'est de l'elfique, Ralk'. Du quenya.

Il rit.

— Non, Maître. Vous avez utilisé l'Arauko-lambûr, le Parler Noir, le langage en usage au Nûr-Burzum. C'est dans cette langue que se pratique la magie démonique, Maître.

6

– La porte est en train de lâcher. C'est fini, Walter.
– Non, Rose ! On va se battre ! Jusqu'au bout !
– Cher Walter… C'est vrai que vous avez rajeuni !
– Hum. Rien de tel qu'un peu d'action, Rose !
– Mademoiselle Rose, j'ai peur…
– J'ai peur aussi, Nina.
– Et vous, Walter, vous avez peur ?
– Je repousse ma peur en me répétant que c'est un moindre mal de mourir aux côtés de ceux qu'on aime.
– Jasper m'a abandonnée…
– Nous sommes là avec toi, petite.
– Nina, Walter ! Venez contre moi, tous les deux. L'immeuble va s'écrouler, je sens des vibrations qui l'annoncent. La porte nous servira de bouclier. Maintenant !!!

7

Quelques secondes avant que Romu achève son incantation, un gigantesque WRAOUF, parfaitement inattendu, le fait sursauter, réduisant de nouveau ses efforts à néant.

Surgissant des limbes, Erglug apparaît.

Un Erglug bouche bée, les poils dans tous les sens, comme si on l'avait branché sur du vingt mille volts.

Dans sa main droite il y a le cou de mon ami Jean-Lu ; accrochée à son bras pour lui faire lâcher prise, Arglaë, elle aussi électrifiée et stupéfaite.

Ce petit monde, statufié, compose un tableau pour le moins saugrenu.

– Maître ! C'est incroyable ! Vous avez réussi !

– Tu en doutais, Ralk' ? Tu t'es pourtant extasié devant ma maîtrise des sorts, pour reprendre tes termes !

– C'est vrai, Seigneur. Mais je dois vous avouer que j'étais sceptique quant au résultat. Ce sortilège est extrêmement difficile !

« *Je suis épatée. Personnellement, je n'y croyais pas du tout.*

– *Merci pour ton soutien, Ombe.* »

Erglug desserre la prise et s'ébroue.

Jean-Lu en profite pour poser un genou au sol et tousser à s'en rompre la glotte.

Arglaë se contente de fixer sur moi des yeux ronds.

– Jasper ???

Je lui fais coucou de la main.

– Par les chicots de Hiéronymus, proteste Erglug, je n'ai jamais reçu une telle décharge de magie !

– Même pas la fois où mes runes-fourmis ont commencé à te dévorer ?

« *Jasper le diplomate !* »

– C'est le genre de désagréments que j'essaye d'oublier et auquel, comme par hasard, tu es toujours mêlé ! gronde-t-il en se frottant la nuque.

– Désolé, je déclare, contrit. Je suis souvent victime des circonstances. Mon sortilège t'a trouvé au moment où vous étiez… ensemble, Arglaë, Jean-Lu et toi. Dans le doute, il a ramené tout le monde.

– On peut savoir pourquoi tu as enfreint toutes les règles de l'amitié trolle ? grogne Erglug.

– C'est à cause d'eux, je dis en désignant Romu et Lucile, qui n'en croient tellement pas leurs yeux qu'ils restent là, immobiles, à promener des regards incrédules sur Erglug et Arglaë. L'Association court un grand danger et je dois absolument y retourner. Seulement, ces deux-là veulent m'en empêcher.

– Tu as besoin d'un troll pour venir à bout de ces minables ? s'étonne Erglug, méprisant. Toi, le puissant magicien ?

– Ah, je ne te l'ai pas encore dit ? je termine en ménageant mon effet. Ce sont des démons…

8

Jean-Lu, qui peine à retrouver son souffle et sa contenance, rejoint Arglaë en chancelant. Il découvre alors la présence de Romu et en reste ébahi.

– Romu ?!

Romu plisse les yeux en découvrant son ancien camarade.

– C'est tout ce que tu as trouvé pour sauver ta peau, Jasper ? lâche-t-il en ricanant. Un chanteur raté et deux trolls qui n'effrayeraient pas ma grand-mère ?

Je me tourne vers Erglug, le prenant à témoin en levant les yeux au ciel.

– La politesse, c'est pas son truc.

Jean-Lu transpire à grosses gouttes.

« Il est complètement largué, ton pote. Fais gaffe, Jasp, il va te claquer dans les doigts. »

– Jasper… Tu es là aussi ! Qu'est-ce qui se passe, bon sang ? Comment on est arrivés ici ? Et on est où, d'abord ? Et Romu, pourquoi il ne me reconnaît pas ? Eh, Romu ! C'est moi, Jean-Lu !

Ombe a raison, mon camarade perd pied.

Il faut dire, pour sa défense, que ça fait beaucoup pour lui. En trois jours, il a découvert l'existence des lycans, des trolls et de l'amour. Je doute qu'il soit prêt à accepter que je sois un sorcier et Romu un démon !

Je fais un signe discret à Erglug qui acquiesce en retrouvant le sourire. Deux secondes plus tard, un coup à la tête (affectueux) renvoie Jean-Lu au pays des rêves.

— Tu es fou ? crie Arglaë en martelant le poitrail de son frère avec ses poings (deux fois la taille des miens). Qu'est-ce qui te prend ?

L'amour est un sortilège bourré d'effets secondaires.

— C'est moi qui le lui ai demandé, je dis avant que la scène de famille ne dégénère. Pour sa propre santé mentale.

— Bon, les rigolos, dit Arglaë en marchant droit sur les démons, je n'ai pas que ça à faire. J'ai un amoureux à réanimer. Ensuite, une île nous attend quelque part. Vous allez dégager et plus vite que ça !

Joignant le geste à la parole, la trolle attrape Lucile par l'épaule et… rien du tout. Elle aurait aussi bien pu tenter de déraciner un arbre.

— Tu te crois forte ? lui lance méchamment Lucile en saisissant son poignet. Je vais te montrer !

Dans une prise savante, elle projette sans effort Arglaë au-dessus de sa tête.

La trolle retombe sur un tas de gravats et pousse un cri de douleur.

Il n'en faut pas plus pour déclencher la réaction que j'espérais.

Erglug pousse un hurlement primaire, arrache un poteau métallique planté dans le sol et se précipite sur Lucile.

Vlan !

Il abat sa massue improvisée sur la vilaine fille qui a osé s'en prendre à sa sœur.

— Ce coup-là, Maître, je n'aurais pas aimé le recevoir.

— Elle non plus, Ralk'. Ça lui apprendra à prendre un poids lourd à la légère.

Lucile a mordu la poussière. Erglug la ramasse par les cheveux, lui écrase le visage avec son genou, la jette au sol et la piétine sans cesser de hurler.

— Dis-moi, Ralk', c'est costaud un démon Majeur ?

— Très.

— C'est ce que je pensais.

Mon ami troll peut passer sa colère sur eux, ça ne sera pas suffisant pour les stopper. Seule la magie, encore et toujours, me rendra ce service. D'ailleurs, Lucile se redresse déjà.

J'avise une lourde chaîne, attachée à l'origine au poteau délicatement cueilli dans le béton par Erglug.

Je me rappelle un sort, lu dans le *Livre des Ombres* de Julie Yeux de braise. Je pense qu'en l'adaptant aux circonstances, il pourrait nous tirer d'affaire.

Je déroule la chaîne sur le sol, sors de ma sacoche ce qui reste de millepertuis et de lignite broyé, ainsi qu'un sachet contenant de l'antimoine.

Je saupoudre la chaîne avec mes ingrédients et prononce une formule familière :

– Eqqquen : annnɣa ɑʀʀ enɣɣɣшë Fɑɑɑnë ɑʀʀ sɑʀʀʀ moʀëëë ɑʀʀ ɥɥɑ ɑʀʀʀɑucoooʀ etemmmentëɑ ɑɑ nutillldë ! *Je dis : mélangez-vous, fer, chose blanche, pierre noire et chasse-démon !*

Les maillons brillent d'un éclair bref mais terriblement intense.

Mon arme est chargée.

Je me concentre.

Je suis un Maître démon.

Un seigneur du Nûr-Burzum.

Mes mains sont plantées dans le bitume. Je fais le dos rond. Comme un chat. Comme un tigre. Je n'ai pas d'armes, pas de bouclier. Je n'ai pas peur.

« *Waouh ! Jasper, comment tu as fait ?* »

Aucune idée.

Mais je tiens Lucile contre moi.

Ma main est posée sur sa gorge, je suis prêt à l'étrangler.

Elle est sidérée.

Je regarde Romuald droit dans les yeux.

– Tu la veux ?

Et je pousse Lucile dans ses bras.

Je profite de sa surprise pour lancer la chaîne qui s'enroule autour d'eux, en récitant l'incantation destinée à activer le pouvoir pulsant au cœur des maillons :

– Rᴇᴇᴇᴍʙᴇʀʀʀ ᴀɴɢɢɢᴀᴠᴀ ! Λᴀ ᴀᴠᴀᴀᴀʟᴇʀʏᴀᴀᴀ ᴀʀʀʀᴀᴜᴄᴏʀʀʀɪ ! *Mailles de fer ! Emprisonnez les démons !*

Des flammes jaillissent du métal. Un hurlement de douleur me confirme que le sortilège est efficace.

– Maudit ! crache Lucile, le visage congestionné de fureur.

– Tu me paieras ça, souffle Romuald, tandis que des éclairs de panique dansent dans ses yeux.

10

Erglug s'est précipité vers le tas de gravats pour aider sa sœur à se relever. Le troll est dans une colère noire. S'ils n'étaient pas mes prisonniers, je ne donnerais pas cher de la peau des démons.

— Bien, je leur annonce, c'est un peu tôt mais il faut quand même se mettre à table ! Vous travaillez pour Fulgence ? Ou devrais-je dire Lokr' ?

Regards furieux mais bouches silencieuses.

— C'est vous qui avez tué le Sphinx, je continue. C'était pour m'impliquer ou il y a une autre raison ?

Romuald tente désespérément de briser mon sortilège mais ses efforts restent vains. Ce que j'ai fait, moi seul peux le défaire — à la rigueur un autre Maître démon, comme le dirait sans doute Ralk', ce qui ne court pas davantage les rues de la capitale que des trolls en costume trois-pièces.

— C'est inutile, je dis en voyant Lucile s'escrimer à son tour contre la chaîne. Romuald et toi êtes mes prisonniers jusqu'à ce que j'en décide autrement. Alors ?

Le mutisme semble être leur nouvelle manière de m'embêter.

– Il faudrait les torturer un peu, Maître, me conseille Ralk' à l'oreille (façon de dire). Les démons peuvent être bornés.

– Pas le temps, Ralk', je réponds en soupirant. Et pas envie… Ma curiosité attendra.

Je surveille du coin de l'œil Erglug qui louche sur mes prisonniers, la bave aux lèvres. La seule chose qui le retient, c'est la présence de la magie qui sourd de la chaîne. Qu'est-ce qui m'empêche de livrer ces deux salauds en pâture à mon ami ? Un reste d'humanité, sans doute. Et l'envie de les cuisiner, quand j'en aurai le temps…

« *Que vas-tu faire de ces deux-là, Jasp ?*

– C'est bien la question, Ombe.

– J'en connais un qui réglerait volontiers le problème !

– J'aimerais qu'ils restent en vie…

– Alors le troll auquel je pense n'est pas la solution.

– …

– J'ai dit une bêtise ?

– Au contraire, Ombe. Au contraire ! »

Sans le vouloir, elle m'a donné une idée.

Le troll auquel nous pensons tous les deux se tourne vers moi.

– Peut-on considérer, jeune mage imprudent, que j'ai rempli ma part du marché ? demande-t-il en lorgnant toujours mes prisonniers.

– Oui, mon vieil Erglug. Je vais vous renvoyer tous les trois sur votre île et…

– Je sollicite deux faveurs en échange de ce service,

poursuit Erglug imperturbable. La première : ne pas utiliser ta magie à tout bout de champ quand il y a des trolls dans les parages ! La seconde : me confier la fille qui a blessé Arglaë. Je n'ai jamais mangé de démon, je me demande quel goût ça peut avoir.

Je lis de la terreur sur le visage de Lucile et je ne peux m'empêcher de jubiler. Sûrement ma part démoniaque.

— Désolé, Erglug, je dis en plantant mon regard dans le sien. Pour la magie, je te promets de m'amender ! Pour les prisonniers, rien à faire. Lucile et Romuald sont à moi. Ils détiennent des informations importantes. Je suis prêt, malgré ma promesse toute récente, à imposer magiquement mon point de vue !

Le troll ne répond pas tout de suite. Il m'observe attentivement, peut-être pour jauger ma résolution. Puis il finit par esquisser un sourire.

— Bah, tant pis.

— Zut ! je réalise tout à coup. Pour vous renvoyer chez vous, je vais être obligé d'utiliser la magie ! Bien sûr, le trajet à pied est un peu long, mais si tu préfères…

— Laisse tomber, jeune mage généreux, dit Erglug, presque affable. Arglaë boite ; marcher ne lui vaudra rien. Quant à Jean-Lu, le pauvre, regarde-le : il ne ferait pas trois pas ! Après tout, ce sortilège n'est qu'un mauvais moment à passer.

— C'est toi qui vois, je réponds, amusé – pour une

raison que je ne peux pas encore révéler – par sa volte-face.

Il sort de sous son pagne (les pagnes trolls sont équipés de poches…) la figurine en os à l'origine de ses malheurs.

Mon problème est en passe d'être résolu.

– Ah, Erglug, je reprends sur un ton chaleureux. Sois patient avec Jean-Lu ! Je crois qu'il s'est amouraché de ta sœur.

– Amouraché ? s'indigne Arglaë. Sale brute ! Il m'aime d'un amour pur, sincère… énorme !

– Ça, je n'en doute pas, je conclus pour couper court. Maintenant, tenez-vous les uns aux autres.

– Vous allez incanter à nouveau, Maître ? demande Ralk' ravi.

– Pas la peine, je réponds.

Et je brise la statuette.

Une brume légère s'en échappe et entoure mes amis. Sous l'effet du sort révoqué, ils perdent rapidement consistance.

C'est alors qu'un sourire goguenard illumine le visage d'Erglug.

Tendant le bras, il attire les démons contre lui.

Contaminés par la révocation, Romuald et Lucile se transforment en volutes de fumée grise et disparaissent dans un hurlement terrorisé, en même temps que Jean-Lu et les trolls.

« *Ça alors ! Le fourbe ! Qu'est-ce que tu vas faire, Jasper ?*

— Moi ? Rien. Nina, Jules, Walter, mademoiselle Rose et la mère Deglu nous attendent depuis trop longtemps. »

Joignant le geste à la pensée, je m'élance en direction de la rue du Horla.

— Je crois, Maître, que votre ami troll vous a possédé ! déclare une voix offusquée dans ma sacoche.

— C'est exact, Ralk'. L'arnaque est une spécialité trolle.

— Les démons sont excellents à ce petit jeu, Maître !

— Il faut croire que toute règle a son exception.

— Maître, vous croyez qu'il va essayer de manger la fille-démon ?

— Oh oui, ça, j'en suis sûr ! Seulement, il n'y arrivera pas. Romuald et Lucile sont prisonniers de la chaîne, certes incapables de fuir mais impossibles à atteindre.

— Mais alors, Maître, tout va bien pour vous, n'est-ce pas ? Les deux démons Majeurs sont à présent sous la garde des trolls, à la fois protégés et neutralisés... Par les dents de l'Olog ! Je viens de comprendre ! C'est vous qui l'avez possédé, Maître ! Oh, comme c'est brillant ! Je suis stupéfait d'admiration ! Je...

Je laisse Ralk' à ses suppositions. Je dois me concentrer sur la suite des événements.

Mais je dois avouer que je suis assez content de moi.

VI. La vie est un chant de bataille…

(Gaston Saint-Langers)

1

Lorsque je débouche rue du Horla, la situation n'a guère changé.

Les rares piétons (le froid de gueux n'incite pas à la flânerie) font un détour inconscient pour éviter la zone, qu'un puissant sortilège dérobe à leurs yeux.

Que vais-je trouver derrière le voile d'illusion ?

« *Tu te sens coupable.* »

Coupable ? Sûrement. Malgré la certitude, au fond de moi, que ma décision était la bonne, j'ai le désagréable sentiment d'avoir déserté.

J'espère qu'il n'est pas trop tard, que ma quête valait la peine d'être menée.

Que j'ai encore des amis à sauver.

Je respire à fond.

« *Tu hésites, Jasper. Ça ne te ressemble pas.*

— Tu trouves ? C'est plutôt une marque de ma personnalité.

— Celle du Jasper d'avant, peut-être. Mais tu as changé.

— Trop changé. J'ai du mal à me reconnaître !

– *Tu es pourtant le même, crois-moi. Je te vois de l'intérieur, petit frère.* »

Et si je demandais à Fafnir de jouer les éclaireurs ? Il ne lui faudrait pas longtemps pour rappliquer des Abattoirs.

D'ailleurs, il aurait dû m'accompagner dans ma course effrénée, lutter à mes côtés contre Lucile et Romuald !

Mais c'est un corbeau, maintenant.

Les corbeaux survolent les champs de bataille et veillent les morts.

Fafnir.

Un mauvais prétexte pour ne pas affronter la réalité.

Je m'avance résolument vers le rideau mystique que je déchire sans bruit.

De l'autre côté, c'est la fin du monde.

Sombre est le jour.

Le Ragnarök. Un chaos wagnérien.

C'est peut-être le crépuscule. Je vois à peine où je mets les pieds.

Tout est en feu.

Un flamboiement illumine le ciel, suivi d'un lointain grondement.

Le goudron, porté à ébullition, dégage une épaisse fumée noire.

De la roche creusée, éventrée, martelée, martyrisée, transpire un écœurant goudron, une substance poisseuse qui ressemble à du sang.

Les décombres d'immeubles détruits recouvrent la chaussée.

Des corps jonchent les trottoirs.

Je bute contre un obstacle que l'obscurité m'avait dérobé. Je me penche : c'est un corps. Le corps d'un homme mort. Je n'ai aucun mouvement de recul, à peine surpris. Je suis donc dans un cimetière ?

Par-dessus tout, le vacarme est atroce.

Ricanement des flammes dévorant les bâtiments, plainte des murs qui s'effondrent, râle des mourants.

Autour de moi patrouillent des volutes de fumée grise. J'avance sans savoir où je vais. Comme un somnambule surpris. Un pied après l'autre. Mains en avant pour ne pas me cogner.

Il a suffi d'un pas pour quitter un monde en paix et découvrir la guerre.

2

« *J'arrive trop tard, Ombe. Trop tard.*

— Tu arrives seulement à la fin de la bataille, Jasper.

— C'est pareil, non ?

— On est vivant tant qu'on n'est pas mort. »

Le ton d'Ombe est détaché, presque froid. Mais elle dit vrai. Mademoiselle Rose, Nina et Walter ne sont pas forcément morts ! Ils peuvent être en fuite, ou bien prisonniers, ou encore bloqués sous les gravats.

Rompant avec un immobilisme qui (c'est le cas de le dire) ne m'avance à rien, je me précipite en direction de ce qui fut le 13 de la rue du Horla.

À l'origine un immeuble vétuste mais debout. Désormais un tas de ruines.

Je ralentis à quelque distance de mon objectif. Des éclairs de lumière jaillissent de façon intermittente des décombres, trahissant une présence ennemie. Fulgence et ses hommes, sans aucun doute. La bataille ne serait pas finie ?

Pourtant, aucune clameur ne parvient à mes oreilles.

– Prudence, Maître ! me souffle Ralk' d'une voix inquiète. Je sens la proximité de démons. Cinq démons mineurs et un démon Majeur.

– Pourquoi je ne sens rien, moi ?

– Le manque d'entraînement, Maître. Je serai ravi de vous instruire dès que…

– Tais-toi ! j'ordonne en me précipitant.

Un corps est allongé sur le trottoir, recouvert d'une armure brillante.

« Mme Deglu ! »

J'ai cru, l'espace d'un instant… Mais non, ce n'est pas mademoiselle Rose. C'est bien Deglu, anciennement présidente de l'Amicale des joueuses de Bingo, concierge du 13, rue du Horla et Agent à la retraite.

Ayant repris du service à la faveur des circonstances.

Je me penche et vérifie son pouls. À la froideur de la peau, je comprends tout de suite qu'elle est morte.

La masse d'armes, qu'elle tient encore serrée dans son poing, est maculée de sang, et les cadavres d'une dizaine de miliciens, à côté, le crâne défoncé, montrent qu'elle s'est battue avec acharnement.

Je la soulève et l'adosse contre un reste du bâtiment qu'elle a âprement défendu.

Les paroles et l'air d'une chanson que je n'ai jamais chantée me viennent en tête. Elle est sombre et sauvage, et je la murmure pour l'Agent Deglu :

– Ghaash agh akûl Nazgûl skoiz

Mirdautas vras !

Karn ghaamp agh nût

231

Shaut Manwe quiinubat gukh...

« Feu et glace, les dragons volent,

C'est un bon jour pour tuer !

Rouge sont la terre et le ciel

Le roi lui-même s'inclinera avec respect… »

« *Waouh ! C'est super beau, Jasper.* »

– Vous avez fait un grand honneur à cette guerrière en entonnant le *Chant ancien*, Maître.

– Elle le méritait, Ralk'.

– Vous êtes l'unique juge, Maître.

Je reprends ma progression en me disant que j'aurais aimé chanter ainsi pour le Sphinx, l'autre jour, au cimetière.

Sans bruit, je gagne un pan de mur encore intact. Dissimulé, respirant à peine, je plonge mon regard de l'autre côté.

3

Dans un cratère qui aurait pu être creusé par une bombe, mademoiselle Rose brandit la porte des anciens bureaux de l'Association – reconnaissable entre mille à son horrible peinture verte – comme un gigantesque bouclier. Accroché à mademoiselle Rose, Walter est couvert de poussière. Enfin, serrée contre Walter, Nina tient à bout de bras la gourmette que je lui ai offerte.

Mes amis sont encore vivants, à l'abri d'une protection magique !

Les trois derniers membres du Bureau parisien de l'Association sont entourés d'un halo argenté, un champ de force dont je perçois jusqu'ici les puissantes vibrations, qui les isole des parois calcinées du cratère.

Juste au-dessus, sous l'œil impatient de Fulgence, cinq mages lancent d'effroyables imprécations.

Je reconnais dans les enchantements de ces hommes la marque de la magie qui protégeait les agissements d'Ernest Dryden et de la Milice…

– Ralk' ? je chuchote à mon conseiller en affaires

démoniques. Tu dis que ces mages sont des démons mineurs ?

– Pas exactement, Maître. Les mages sont des *gebbets*, des humains possédés. Les démons ont pris le contrôle de leur volonté.

Je ressens un vague soulagement. Je n'ai pas encore l'habitude de me battre contre des démons. Affronter des humains, même possédés, me semble moins effrayant. Et j'ai un compte particulier à régler avec ceux-là…

J'essaye ensuite de comprendre la situation.

L'Agent Deglu est mort. Les Miliciens de la MAD sont morts. Les mercen… les Agents auxiliaires sont morts. Il ne reste plus que Fulgence, cinq démons disposant de pouvoirs magiques et le trio Rose-Walter-Nina.

Je m'aperçois de l'absence de Jules, mais ne m'inquiète pas pour le stagiaire, sorti de l'immeuble au début de l'attaque. Il se trouve à l'abri, planqué quelque part.

Je m'intéresse de plus près au champ de force qui protège mes amis.

Je sais, par mademoiselle Rose, que la porte verte était (jusqu'à présent) l'élément central d'un puissant sortilège englobant le bâtiment. Arraché à l'ensemble, cet élément semble continuer à fonctionner, grâce à ses pouvoirs de sorcière.

Ce que je ne m'explique pas, c'est que l'origine des vibrations qui forment la protection provient d'ailleurs. Plus précisément de la gourmette que Nina serre de toutes ses forces dans son poing.

– Ralk' ?

– Maître ?

– Que t'inspire la magie à l'œuvre dans le cratère ?

– Elle est en partie humaine et en partie démonique, Maître.

– Développe.

– Selon vos souhaits, Seigneur ! La porte que tient la sorcière – que Khalk'ru l'écrabouille, la réduise en poudre, la…

– Ralk' !

– Désolé, Maître. La porte, donc, fait office de batterie. Elle pulse sur une fréquence humaine. La… sorcière tient lieu d'interrupteur. Elle maintient la batterie en activité.

– Et la batterie donne son énergie à quoi ?

– Au bijou que porte la jeune fille, Maître. C'est lui qui génère le champ de force. Il distille une aura démoniaque.

Je me retiens de justesse pour ne pas crier.

– La fille est un démon ?

– Non, Maître. C'est le bijou qui est d'essence démoniaque. La fille est humaine. Elle dispose des capacités d'un médium. C'est ce qui lui a permis d'activer le bijou.

Je retrouve mon calme.

– Tes connaissances et ton esprit d'analyse sont impressionnants, Ralk' !

– Mon Maître est trop bon ! Je vous l'ai dit, j'ai longtemps été au service d'un démon Majeur original et puissant, versé dans la science des arcanes.

– Ça ne retire rien à ta propre valeur.

Je le sens frétiller de plaisir dans son miroir.

Bon. Nina médium, je le savais déjà. Mademoiselle Rose sorcière, également. Que la porte ait conservé sa charge magique, je m'en doutais. La surprise, c'est la gourmette.

Pourtant, en y réfléchissant, c'est logique. La gourmette appartenait à Ombe, Ombe est ma sœur et je suis – plusieurs entités s'acharnent à le confirmer – un démon. L'origine démoniaque du bijou est évidente. De plus, Ombe bébé a été retrouvée nue dans la neige, avec son bracelet pour seul bagage.

Comme un rouage se met en route, d'autres pièces s'assemblent dans le grand puzzle des mystères : l'irrésistible envie de voler ce bijou (et seulement lui) dans la chambre d'Ombe, l'efficacité de la gourmette transformée en poing américain contre Lakej le lycan, l'étiolement de Fafnir phagocyté par l'aura du bracelet…

Je constate une fois encore que la vie tient à un fil (une chaînette, en l'occurrence) : et si je n'avais pas offert la gourmette à Nina, seraient-ils tous les trois morts ? Prisonniers ? Et si, et si…

« *Ça fait drôle de penser qu'on est un démon.* »

Un mélange d'étonnement et de soulagement m'envahit.

« Je suis content que tu l'exprimes enfin, Ombe. Je me sens moins seul.

— On peut refuser de voir la vérité, ça ne l'empêche pas d'exister.

— La vérité entraîne parfois des bouleversements.

— Pas pour moi, Jasper. Elle éclaire seulement mon passé.

— En ce qui me concerne, elle projette quantité d'ombres sur l'avenir...

On les dissipera ensemble, mon frère démon ! »

4

Comment venir à bout de magiciens hargneux et d'un démon Majeur ? La magie elfique, quoique efficace – surtout transformée par le Parler Noir –, me paraît inappropriée face à cette assemblée. Contrairement aux rituels chamaniques.

Or, par un hasard bienheureux (qui s'apparente, si l'on considère mon attitude dans l'appartement d'Ombe, à de la cleptomanie), les *Rouleaux de Sang* d'Otchi se trouvent dans une poche de mon manteau…

Je libère les parchemins de leur lacet de cuir rouge.

Si je suis un démon, la magie contenue dans ce rouleau risque de m'affecter. Ou pas (je me rassure en me rappelant les tests d'entrée à l'Association).

Je retrouve avec émotion les dessins d'Otchi, les mots ouïgours et les runes sibériennes. Le sorcier chasseur de démons serait sans doute aujourd'hui mon ennemi mortel, mais j'éprouve toujours pour lui de l'admiration. En d'autres temps et d'autres circonstances (s'il n'était pas mort, surtout), j'aurais aimé devenir son ami.

Je repère immédiatement le parchemin adapté à la

situation, grâce aux runes sibériennes : « Appeler des esprits guerriers. »

Premier dessin :

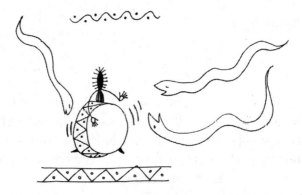

Si je comprends bien, le chamane bat du tambour et les esprits accourent. Facile. Si on sait jouer du tambour !

Deuxième dessin :

Le chamane apprivoise les esprits. Il se fait reconnaître comme leur maître. On ne sait pas comment. En dansant, peut-être, si j'interprète correctement le déhanchement grotesque du personnage.

Troisième dessin :

Celui-là, c'est clair : le chamane lance les esprits contre ses ennemis. Mais on manque toujours de détails.

C'est sympa, les croquis, ça égaye un carnet. Seulement, ce n'est pas très précis ! Je vais devoir me débrouiller avec ces quelques pistes.

5

Ma nature démoniaque supporte très bien la proximité de la magie chamanique. Ce qui confirme que je ne suis pas un démon ordinaire. Ralk' a dit que j'étais un Maître démon et même un… comment déjà ? Ah oui, Ghâsh-Durbûl. Membre de la famille royale. Les Ghâsh-Durbûl ont peut-être des pouvoirs que les autres démons n'ont pas ?

Je mesure tout à coup l'étendue de mon ignorance sur les sujets démoniaques.

Je prends dans ma poche le petit tambour d'Otchi, récupéré (pas de commentaire, merci !) dans l'appartement de mademoiselle Rose. Le fameux tambour de métal rouge, tendu de peau humaine (là, c'est moi qui en rajoute), qui a assommé trois Agents auxiliaires, repoussé les assauts d'une entité démoniaque et permis la libération de Walter.

Des runes sont finement ciselées sur le pourtour, presque invisibles à l'œil nu.

— Maître…, gémit Ralk'. Il ne faut pas ! Vous allez

attirer sur nous la colère des esprits ! Les démons ne jouent pas avec ce genre d'objets !

– Je joue avec ce qui m'amuse, Ralk'. Surtout ce qui peut tirer mes amis d'un mauvais pas.

Ralk' n'ajoute rien mais il se retire à l'autre bout du miroir. Trouillard !

J'empoigne l'instrument, m'assois en tailleur et tapote dessus timidement (d'abord parce que je n'ai aucune idée de la façon dont on en joue, ensuite pour ne pas attirer l'attention des démons dans le cratère).

Puis mes doigts s'affermissent sur la peau du tambour.

Je ferme les yeux, essaye de me rappeler la façon dont Otchi jouait, me pénètre du rythme régulier. Le chamane accompagnait les percussions d'une mélopée inaudible. Je décide de l'imiter, avec mes propres mots :

– ´ϞϿ൷Ͽ ᴜᏏ൷ɣ⋏ᴎ൏ ⋏Ͽ൷ɣ ⋏Ꮃᴛ *Fairi, herulya lira len…* Esprits errants, votre maître chante pour vous… ൷ ൱ɣ ⋏൏⋏ ൱ɣ൷ɣ൱൷ɊᏏᴛᴛᴎ൏ ൵Ɋᴛ ൱ᴛᴎɊ⋏൏ ⋏Ϟᴛ൏൷Ɋᶏ *A tulal curuvarnna man tyala lindalë…* Venez vers le musicien qui joue la musique…

J'ai pris soin, cette fois-ci, de m'exprimer en quenya. J'imagine que cette langue effraye moins les esprits chamaniques que le parler démoniaque.

Je ne tarde pas à en avoir confirmation.

Je sens bientôt autour de moi des présences curieuses et fébriles.

242

– Maître, oh, maître ! Les esprits-serpents ont répondu à votre appel ! Maintenant, ils vont nous attaquer !

J'ouvre les yeux.

Une dizaine de filaments brumeux se tordent dans les airs et sur le sol, dardant sur moi des regards inexpressifs, d'un noir de jais.

Contrairement à Ralk', je ne crois pas que ces esprits aient de mauvaises intentions. Ils ont simplement reconnu le son d'un tambour de chamane, et mes paroles elfiques les ont intrigués. Maintenant, ils sont désemparés parce que ce n'est pas un oyun qui se tient devant eux.

Je dois agir avant qu'ils décident de s'évaporer. Obéissant tant bien que mal aux instructions du parchemin, je commence à danser au milieu des esprits-serpents.

Les rares fois où j'ai réussi à intéresser des filles, je les ai définitivement perdues lorsqu'il a fallu se déhancher sur de la musique…

« *La classe, Jasp.*

– *Moque-toi ! En attendant, ils aiment ça !* »

Tant pis si Ombe ironise. Je me sens bien dans mes gesticulations.

En virevoltant, j'entonne à voix basse les paroles d'une chanson :

« Je suis le chevaucheur, le voleur de nuage, je danse sur la lande comme le faucon en voyage… »

Les esprits dansent autour de moi, s'enroulent

autour de ma taille, glissent le long de mes bras, caressent mes mains. C'est génial !

Je suis prêt pour la troisième phase : lancer les esprits contre mes ennemis.

« *Bonne chance, le danseur fou.*

– *Ah, ah ! Merci quand même.* »

Quand Ombe est d'humeur taquine et que Ralk' fait le mort dans ma sacoche, ça signifie que ça va chauffer… Je quitte l'abri du mur, me dévoilant aux yeux de mes amis – et de mes ennemis.

6

Je lis de la stupéfaction dans les regards.

Puis de la joie dans celui de Nina, de Walter et de mademoiselle Rose.

De l'inquiétude dans ceux des mages.

De la perplexité, enfin, chez Fulgence.

Nina me hurle quelque chose mais je ne l'entends pas. Le son ne traverse pas l'étrange enveloppe qui les protège.

Tant mieux.

Elle n'entendra pas les cris de douleur de ceux que je m'apprête à pourfendre. Et elle ne me déconcentrera pas avec ses encouragements.

Sans laisser le temps aux *gebbets* et à Fulgence-Lokr' de réagir, je rassemble autour de moi les esprits guerriers et désigne leurs cibles d'un geste théâtral (comme dans le parchemin d'Otchi) :

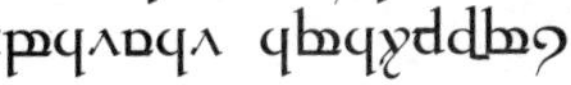

– ⟨ ⵁⴷ�9ⵎⵇ3 ⵎⵇ9ⴱⵯ9þ *A roita, fairi !* En chasse, esprits ! ′ⵇⴷ ⴱⵯⵯ9þ *Nal ehti !* Soyez des lances ! ⟨ ⵏⵯⵇⴷⵯⵇⴷ ⵇⴱⵯⵇⵥⴷⴷⴱⵯ9þ *A nwalyal araucori !*

Tourmentez les démons ! ꝗ ᕽᴧᴧᴧᴧ ꝗ ᕽᴧᴧᴧᴧᴧ þ
A *etelehtal istari* ! Délivrez les bons magiciens !

Feulant d'excitation, les serpents de brume bondissent en direction des mages, déclenchant une indescriptible cohue.

Ceux qui tentent de quitter le cratère trébuchent en escaladant la pente cendreuse. D'autres lancent des sorts imprécis que les esprits n'ont aucun mal à éviter.

Seul Fulgence reste indifférent à la bataille qui s'est engagée. Ses cheveux blancs flottent derrière lui. Ses bras pendent le long de sa veste immaculée. Il darde sur moi, resté au-dessus du trou, un regard terrible, que je mets un point d'honneur à soutenir.

Soudain, un esprit-serpent bondit sur le chef de l'Association, la gueule ouverte. Avec une rapidité étonnante, Fulgence l'attrape par le cou.

Je dis bien : l'attrape, alors que l'esprit est fait de fumée !

Il me semble (à moins que ce ne soit mon imagination) entendre des vertèbres craquer. L'esprit tombe au sol, où il se dissout, agité de convulsions.

Prévenus, les autres restent à distance et concentrent leurs attaques sur les mages.

Un esprit plus agressif parvient à s'engouffrer dans la poitrine d'un mage. Il en arrache une entité informe et ténébreuse, qui se débat en vain.

Le sorcier libéré tombe sur le sol, hébété, tandis que l'esprit guerrier dévore la ténèbre démoniaque plaquée au sol.

Le même phénomène se répète à plusieurs reprises et les cinq mages sont bientôt débarrassés de leur hôte monstrueux. Les moins choqués s'empressent de fuir, entraînant leurs confrères restés dans un état de stupeur.

J'hésite à les poursuivre.

À quoi bon ? Ces malheureux n'étaient pas eux-mêmes quand ils ont aidé Dryden et protégé les Miliciens. Les démons qui les manipulaient sont morts. Ma vengeance (si elle a encore un sens) est accomplie.

Fulgence n'a pas esquissé un geste pour les aider ou les retenir. Il continue de me fixer. Puis il lève sa canne et la plante dans le sol, me lançant un défi.

– Maintenant, c'est entre toi et moi, Jasper ! annonce-t-il d'une voix puissante. Tes amis sont à l'abri mais ils ne peuvent t'aider ! Quant aux esprits que tu as invoqués, ils ne font pas le poids et ils le savent !

Effectivement, les esprits guerriers, leur tâche accomplie, se dispersent sans un regard en arrière.

Il faudra que je note dans mon *Livre des Ombres*, à côté de tout ce que je dois encore écrire au sujet des démons et des morts-vivants dont je suis devenu en quelques heures un expert, que les esprits-serpents et les sortilèges trouillards ont de nombreux points communs...

– Tu ne me fais pas peur, Lokr' ! je réponds sur le même ton.

Un large sourire éclaire son visage.

– Tu as appris certaines choses, on dirait ! En ce cas, permets-moi de t'appeler par ton vrai nom : Jasp'r !

Jasp'r ?

« Jasp'r ! C'est une blague ?

– Il ne donne pas l'impression de plaisanter, Ombe. »

– Nos noms portent la marque de notre statut, mon Seigneur, chuchote Ralk' qui a senti mon trouble. Ainsi, les Maîtres démons comme vous arborent le **'r**…

– Et les démons Majeurs utilisent le r'.

– C'est exact, Maître. Les démons mineurs, quant à eux, portent le **r** au début de leur nom.

– Les démons de même catégorie sont-ils tous semblables ?

– Non, Maître. Il y a, par exemple, des démons mineurs stupides et des démons mineurs brillants, des démons Majeurs brutaux et des démons Majeurs pacifiques. Bien que ce dernier cas soit relativement rare.

– Et Lokr' ? je demande pour clore mon interrogatoire.

– C'est un démon Majeur ambitieux, mon Seigneur, aussi puissant qu'un Maître démon.

Je sais que je n'obtiendrai rien de plus de sa part puisqu'il est reparti se cacher au fond de ma sacoche.

« Jasp'r… Ça me fait tout drôle de prononcer ton nom comme ça.

– Alors, continue à dire Jasper… Omb'r ! »

Je ne vais pas plus loin.

Parce que d'Omb'r à ombre il n'y a qu'un pas (douloureux) à faire.

Et parce que Fulgence-Lokr' attend que je relève son défi.

Je pourrais essayer d'appeler des esprits plus puissants, utiliser avec ma faible expérience le tambour d'Otchi. Ou prendre mes jambes à mon cou. Mais cela ne servirait à rien.

Cet affrontement est prévu depuis toujours.

Il est écrit quelque part, au cœur de la roche, dans le froissement du vent.

Il va se dérouler maintenant.

Je saute dans la fosse.

En bas, pas de clameurs. Pas de spectres-acteurs.

Seulement Fulgence et moi.

Et trois membres de l'Association qui assistent à la scène, impuissants, comme des insectes emprisonnés dans une goutte d'ambre.

J'attaque sans perdre de temps.

Comment se déroulent les duels entre démons dans le Nûr-Burzum ? À mains nues ? À l'aide de sorts ? Avec des armes ?

En l'absence d'informations, j'y vais comme un boxeur. Coup de poing figure, crochet, coup de pied au foie, coup de pied dans le genou.

Fulgence encaisse ou pare mes assauts sans difficulté. Je frappe pourtant de toutes mes forces. Mais mon adversaire compte vingt centimètres et trente kilos de plus que moi...

Mademoiselle Rose, Walter et Nina sous leur bulle hurlent des encouragements (j'imagine) que je n'entends pas.

Soudain, il contre-attaque.

Ses coups pleuvent si vite que j'en esquive seulement un sur deux. Je ne tarde pas à être sonné.

– Que croyais-tu, jeune imbécile ? lance Fulgence avec mépris. Que tu avais une chance de me vaincre ?

– Vaincre ou perdre, c'est une chose, je réponds, essoufflé, en paraphrasant Gaston Saint-Langers ; se battre en est une autre.

– Tu parles là comme un Maître démon, Jasp'r, reconnaît-il. C'est dommage qu'il me faille te tuer.

J'évite de justesse un coup à la gorge.

– Pourquoi m'en vouloir à ce point alors que nous appartenons à la même espèce ? je lui demande pour essayer de le déconcentrer.

– Justement pour cela. Tu en connais si peu sur ta propre nature !

– C'est vrai, Lokr'. Il y a une semaine, j'étais encore un humain normal, enfin, paranormal.

Je m'écarte un poil trop tard et un uppercut me racle la joue. Ça fait hyper mal ! De colère, je riposte par une frappe à l'entrejambe. Fulgence pousse un grognement de souffrance mais ne ralentit pas pour autant la cadence de ses coups.

– Puisque tu vas mourir, m'annonce-t-il, tu as le droit de savoir.

– Je ne suis pas encore mort ! je m'insurge.

– C'est un détail, un simple contretemps. Mais si tu préfères rester dans l'ignorance…

À chaque fois c'est pareil. Dans tous les films du

genre, le méchant qui tient le gentil à sa merci, au lieu de l'achever, lui raconte sa vie, ce qui permet soit aux renforts d'arriver, soit au gentil de trouver une idée géniale pour s'en sortir. Je ne fais pas exception à la règle !

Et je comprends brusquement pourquoi le gentil ne soupire pas, ne dit pas au méchant de la fermer et de le tuer tout de suite.

Parce que, même si les renforts sont improbables (dans mon cas) et si les idées formidables commencent à manquer, il reste la volonté farouche de s'accrocher au plus petit espoir.

– Je t'écoute, je réponds à Fulgence.

8

— Je n'ai aucune idée de ce que tu ignores ou pas, alors je préfère en dire trop que pas assez, commence-t-il. Notre monde, le Nûr-Burzum…

— Je connais le Nûr-Burzum.

— Tant mieux. Tu sais donc qu'il est dominé par les Maîtres-démons, et que les Maîtres-démons obéissent à un roi nommé Khalk'ru. Je suis… J'étais un démon Majeur, le plus puissant d'entre eux. Meilleur que la plupart des Maîtres-démons. Pour cette raison, j'étais le bras droit et le chef de guerre de notre roi.

Il raconte bien, je dois l'admettre.

— La nature des démons est ce qu'elle est, Jasp'r. Un jour, j'ai décidé de conspirer contre Khalk'ru et de prendre sa place.

— Ça a mal tourné, n'est-ce pas ? j'ironise.

— Oui, reconnaît-il avec amertume. Khalk'ru, qui n'est pas un tendre, a massacré tous les conjurés. J'ai survécu je ne sais comment. Il n'y avait alors qu'un moyen d'échapper au courroux du roi.

Il marque une pause.

– Lequel ? je demande.

– Il existe un monde inaccessible aux démons. Pour être exact, un monde dans lequel les démons ne peuvent se rendre sans abandonner une grande partie de leurs forces. C'est ici, Jasp'r. Le monde des humains.

Cling-cling-clang. Bruit des rouages qui s'affolent dans mon cerveau.

– À cause de la Barrière ! je dis, tout excité.

– Oui. Les Anormaux présents sur Terre génèrent une interférence qui restreint les sauts dans le Multivers.

– Vous avez traversé…

– J'ai traversé et j'ai laissé dans l'aventure mes titres, privilèges, ainsi que la plupart de mes pouvoirs. J'ai malgré tout conservé assez de puissance pour prendre de façon définitive l'apparence qui est la mienne aujourd'hui et rallonger mon espérance de vie humaine.

– Comment pouviez-vous être sûr que Khalk'ru ne vous suivrait pas ?

– Je n'avais plus rien à perdre et lui était – il est toujours – le roi-démon, ricane Fulgence. On consent volontiers à des sacrifices quand on n'a plus rien à sacrifier ! Mais la rancune de Khalk'ru est tenace. Il a envoyé des centaines de démons sur ce monde pour affaiblir la Barrière et me tuer.

– Vous les avez vaincus, je constate avec une admiration à peine voilée.

– Et comment crois-tu que j'y suis parvenu, Jasp'r ?

– La magie ?

– Mieux, bien mieux que ça !

Son œil brille à nouveau.

– J'ai créé l'Association.

Un poing... euh, un point pour lui. Je suis estomaqué.

– Tu as l'air surpris, Jasp'r.

– Ben... L'Association a cent cinquante ans !

– Je t'ai dit que j'étais vieux ! J'ai fondé la Milice antidémon, qui est devenue ma garde rapprochée – quelle ironie quand on y songe – et qui s'est occupée des incursions démoniaques. L'Association, elle, a toujours travaillé au maintien des Anormaux.

– À votre profit, puisqu'une Barrière solide reste votre meilleur rempart contre la colère de Khalk'ru !

– C'est ce que j'appelle une association d'intérêts !

– Mais pourquoi moi ? Pourquoi cet acharnement à vouloir me détruire ? je crie presque, tandis que la tête me tourne.

– Il y a une vingtaine d'années, reprend Fulgence, Khalk'ru a imaginé une nouvelle stratégie. Puisqu'il ne pouvait agir efficacement de l'extérieur, il devait intervenir de l'intérieur. Le roi-démon est parvenu à féconder une humaine. La malheureuse n'a pas survécu à la naissance d'une adorable petite fille blonde comme les blés, aux yeux bleus comme les orages, abandonnée sur la neige comme une bouteille jetée à la mer...

Ombe.

Fille d'une humaine et d'un roi-démon.

Instantanément, le souvenir des articles collectés sur son ordinateur me revient. Plusieurs femmes enlevées, il y a dix-neuf ans. L'une d'elles s'appelait Marie Rivière. Était-ce la mère d'Ombe ?

« *Ombe ?*

– *Je suis là, Jasper.* »

Sa voix est calme. Elle écoute attentivement. Tant mieux.

– Et… et moi ? je lâche avec un léger tremblement.

– Khalk'ru ne laisse rien au hasard, Jasp'r. Une seconde tentative a eu lieu. Il a choisi cette fois une sorcière – ta mère – et, sous les traits d'un homme fréquentant le *coven* auquel elle appartenait dans sa jeunesse, il t'a conçu au cours d'une fête dans la forêt, une nuit de pleine lune.

– Alors Ombe et moi…, je balbutie.

– Vous êtes les enfants de Khalk'ru, le roi des démons. Accessoirement, mon ennemi juré.

Est-ce que mon père est au courant ? Est-ce que ma mère s'est rendu compte qu'elle embrassait un démon dans la forêt ?

De nouvelles questions affluent et me brûlent les lèvres.

– Je ne comprends pas… De quoi avez-vous peur ? Ombe et moi, on travaillait pour l'Association. Jamais on n'aurait fait de mal aux Anormaux ! En plus, on ignorait tout de notre nature. Khalk'ru ne pouvait pas nous utiliser.

Fulgence éclate de rire.

– Il vous suffisait d'exister ! Votre seule présence sur la terre créait un corridor, un appel d'air qui aurait permis au roi-démon de passer la Barrière ! Plus vous grandissiez et plus ce corridor s'élargissait.

– Dans ce cas… pourquoi ne pas nous avoir éliminés quand on était petits et vulnérables ?

Fulgence hoche la tête. Je pose visiblement les bonnes questions.

– Il y avait un problème. Ta sœur et toi étiez indétectables. C'est la grande découverte de Khalk'ru : des démons mélangés aux hommes ne peuvent être identifiés !

– Les tests d'entrée à l'Association, je murmure. Ils ont toujours été négatifs !

– Il a fallu attendre l'adolescence pour que se manifestent les premiers symptômes de votre double nature. Une soif dévorante, l'indifférence au froid, je ne vais pas dresser une liste ! Sans oublier l'expansion de votre aura… Ces manifestations ont coïncidé avec une recrudescence des attaques contre les Anormaux. J'ai cru que Khalk'ru, lassé, se décidait à revenir aux anciennes méthodes. Mais c'était une diversion ! En me focalisant sur la Barrière, je détournais mon attention de vous. Cela a failli réussir. Heureusement, vous étiez surveillés. Vingt-quatre heures sur vingt-quatre.

– Par la MAD ?

– La MAD avait d'autres chats à fouetter ! Non, j'avais mieux que ça. Lorsqu'un démon qui m'était encore fidèle m'a révélé le plan machiavélique de Khalk'ru, je n'ai pas hésité. J'ai engendré mes propres enfants !

– Romuald et Lucile ?

– Quel esprit brillant !

– Vous les avez placés dans notre entourage intime. Lucile en colocataire d'Ombe, Romuald en copain de collège puis de lycée.

– Je ne leur ai jamais caché leur véritable nature et je les ai entraînés, afin qu'ils m'assistent dans notre inévitable confrontation.

Le ton froid de Fulgence me donne la chair de poule.

– Une confrontation que vous avez pourtant tenté d'éviter, je constate en sentant la colère monter en moi. En chargeant vos miliciens de nous assassiner !

– Je l'avoue, et cela m'a permis d'éliminer ta sœur. Mais pas seulement : j'ai également eu le plaisir immense de profaner la fille de mon ennemi, en ramenant son cadavre à la vie !

– Vous avez formé vos rejetons pour rien, je lance d'une voix rendue tremblante par une violente bouffée de rage. Est-ce qu'ils sont ici, à vos côtés ? Non. Et je vais vous dire pourquoi : vous avez enfanté des démons Majeurs, alors que Khalk'ru a fait d'Omb'r et moi des Maîtres démons ! Lucilr' et Romualdr' n'étaient pas de taille.

Je le vois étonné pour la deuxième fois de la journée.

– Tu insinues que…

– Je leur ai mis une bonne raclée avant de les confier à mes amis trolls. Ils doivent avoir battu le record du nombre de baffes encaissées !

À l'expression qui envahit le visage de Fulgence, je devine que le temps des confidences est révolu.

9

Manifestement, Fulgence-Lokr' a décidé de passer à la vitesse supérieure. Il incante à toute vitesse. Le Parler Noir coule de sa bouche, fluide et naturel. Et moi, je le regarde comme un idiot, admiratif, au lieu de construire un pentacle pour me mettre à l'abri !

Pareilles à des champignons vénéneux, des volutes noirâtres naissent bientôt du sol. Après quelques hésitations, elles adoptent la forme approximative de crabes, de la taille d'une assiette. Une vingtaine d'abominations surgies de nulle part frétillent bientôt au pied de leur maître.

La voix de Fulgence tonne à mes oreilles :

– Mon fils adore mes crabes fantômes. Il en a même fait une chanson, je crois ! Pour le venger, je t'offre de les rencontrer en vrai !

Les *Crabes fantômes*, en effet, c'est une chanson que Romu a composée pour *Alamanyar*. L'autre Romu, celui que j'appréciais, le garçon doux et attentionné, celui qui écrivait : « Les libellules s'aiment dans les nénuphars languides. » Et non le psychopathe que j'ai dû affronter, celui de : « Les crabes fantômes déambulent au milieu des barbares translucides. »

– Allez mes jolis, susurre Fulgence. Taillez-le en pièces !

La meute des crabes se rue sur moi, dans un grand bruit de pinces qui claquent.

« Beurk ! Répugnant. »

Heureusement, je n'ai pas oublié ce que Ralk' m'a dit au sujet des démons et de leurs peurs.

Je plonge la main à l'intérieur de ma sacoche et fouille jusqu'à tomber sur un flacon moucheté contenant mon huile de millepertuis.

Je la débouche et répands l'huile autour de moi dans un cercle parfait, en prononçant quelques mots elfiques :

– [illegible] *Ya araucor etementëa, a tapa ulundor !* Millepertuis, bloque les créatures hideuses !

La marée ténébreuse et cliquetante se brise contre ma protection.

Fulgence n'apprécie pas du tout ma réaction.

D'autant qu'il doit très vite tracer un pentacle démonique autour de lui pour se protéger des crabes fantômes surexcités.

Nous voilà à quelques mètres l'un de l'autre, séparés par un grouillement ténébreux.

Je ne ressens aucune envie de plaisanter et Fulgence-Lokr' retient ses insultes. Les mots sont devenus inutiles. Le silence qui nous environne, perturbé çà et là par des cliquetis furieux, acquiert une densité extraordinaire.

Mon ennemi me jette des regards de pure haine que je soutiens sans broncher. Je sens chez lui un grand pouvoir, attisé par une colère brûlante. Je préfère ne pas imaginer sa puissance avant qu'il franchisse la Barrière !

Au-dessus de ma tête, le ciel reste vide de tout Fafnir. Mon sortilège préféré ne réitérera pas l'exploit des sous-sols de l'hôtel contre le monstrueux lycan.

Celui qui a pris sa place à mes côtés est un démon mineur, qui tremble au fond de ma sacoche.

Je suis (encore et toujours) seul.

Je me tourne vers le champ de force, vers mes amis.

Nina pleure et tambourine contre la paroi. Walter me regarde d'un air désolé et mademoiselle Rose a du mal à contenir sa fureur.

Ma seule consolation, c'est qu'ils n'ont rien entendu des confidences de Fulgence. À leurs yeux, je ne serai jamais un démon, mais ce que j'ai toujours voulu devenir : un Agent de l'Association, bientôt mort en faisant son devoir.

10

Je secoue la tête pour chasser ces pensées défaitistes. Aucun combat n'est perdu – ni gagné – d'avance ! Je dois trouver le moyen de m'en sortir.

Le problème, c'est que mon adversaire est plus fort que moi, que ce soit au pugilat (mes côtes douloureuses me le rappellent à chaque instant) ou en magie.

Si j'arrivais à me rendre de nouveau invisible, je disposerais d'un avantage appréciable. Mais comment réaliser le sortilège des roses... sans rose ?

Une idée me traverse l'esprit.

Je plonge la main dans ma sacoche et cherche une améthyste parmi les pierres qui tapissent le fond. Il s'agit d'ouvrir une porte, non ?

Avant ça, je dois faire le ménage et me débarrasser des crabes fantômes.

Je fouille à nouveau dans la besace.

Est-ce que j'ai pensé à renouveler mon stock ? Je tombe sur plusieurs feuilles de laurier attachées par une ficelle. Je les prends toutes.

Je sors ensuite un sachet en plastique.

Malachite, zut.

Tourmaline. Rezut.

Enfin, je trouve la poudre de calcite.

Je réduis les feuilles en morceaux dans le creux de mes mains.

L'avantage de ne pas avoir dessiné de pentacle, c'est que je n'ai pas besoin de le briser pour en sortir. Le millepertuis répandu autour de moi restera actif si je prends soin de ne pas le disperser.

Je bondis donc hors de mon cercle, jette le laurier sur les crabes de Fulgence, puis regagne ensuite l'abri du millepertuis.

– Ʌa ʈappɹe uʟunnnndor, orrrnë maʜʈʈʈʈarwaaa! *Bloque les créatures hideuses, arbuste du guerrier !*

Une mélasse suintant du sol emprisonne aussitôt les pattes des crabes fantômes qui, d'affolement, font crisser leurs pinces de manière atroce.

J'ai le plaisir de voir Fulgence-Lokr' blêmir.

Avant qu'il comprenne que mes intentions ne s'arrêtent pas là, je sors une nouvelle fois de mon cercle et saupoudre la masse ténébreuse avec la calcite broyée, dévoreuse d'énergie.

– Ʌaa uuurʈa uʟunnnndor, sarrr caʟimmma! *Brûle les immondes créatures, pierre brillante !*

Les grains de calcite deviennent aussitôt incandescents. Les crabes grésillent et sifflent de colère.

C'est maintenant que ça se corse.

Parce que si je suis libre de quitter mon cercle, Fulgence l'est tout autant.

– Tu es fou, gronde Fulgence-Lokr'. Maintenant, tu vas mourir.

Je serre très fort dans ma main le morceau de quartz violet et ferme les yeux, en essayant de ne pas penser aux menaces du démon.

Puis je cherche une voie d'accès au Multivers.

Les mots de haut-elfique emplissent naturellement ma bouche (je prends garde de ne pas utiliser le Parler Noir) :

– ᚷᚾᚨ ᚷᛋᚷᛒᚨᛈ ᚦ ᛈᚷᛒᚨ ᛩᚨᛊ ᛗᚷᚥᚾᛩ ᚷ ᛒᛗᛗᛒᚥᛒᚨᛊᛩ ᛗᚷᚨᛩᛩᚥᛩ ᚥᛩᚨᚦᛩᛩᛩᛝ ᚨᛤ ᛝᛚᛗᛩᛒᛝᚦ *Helin imirin ! Equen, anyë tulya i ettelenna tingala landassë ho Ambar !* Violette de cristal ! Je dis : conduis-moi vers des terres étrangères vibrant sur la frontière des mondes !

Sous l'impact du quenya, Fulgence recule d'un pas, m'accordant les précieuses secondes nécessaires pour que la magie se mette en route.

Un bourdonnement grave indique que le sort a pleinement réussi. La lumière pâlit et se voile. Les contours du cratère se nimbent d'un flou laiteux.

Je suis là et ailleurs, en équilibre.

Loin des ruines.

– Impressionnant, lance une voix trouble, déformée par les courants d'air. Je n'étais pas venu ici depuis une éternité !

Vibrant devant moi, les cheveux sombres et le costume blanc, Fulgence-Lokr' m'a rejoint sur la Frontière des mondes.

Et le sourire qu'il me décoche vaut tous les ricanements du monde.

VII. Partir, c'est mourir un peu ; mourir, c'est partir beaucoup…

(Gaston Saint-Langers)

1

Ça, ce n'était pas prévu.

« *Il est fort.* »

Le ton de la voix d'Ombe est guilleret.

« *On dirait que ça te fait plaisir !*

— Je prends la mesure des pouvoirs démoniaques, Jasp'r. C'est cool ! »

Ouais, c'est cool. S'écroule, plutôt, si on pense à mon plan.

Je sens encore sur moi les coups de Fulgence. J'ai l'impression d'être passé à la moulinette ! S'il décide de remettre ça, je vais tomber en morceaux.

Au fait, est-ce que les contacts physiques sont possibles sur la Frontière ?

Je ne tarde pas à avoir la réponse.

Fulgence me gifle violemment. La douleur est terrible.

Moins que l'humiliation d'avoir été giflé.

La colère m'envahit comme une tornade.

— Tu n'aurais pas dû, Gueule de craie, je gronde

en lançant sur Fulgence mon dernier morceau de jais. Brûle le grand démon, pierre noire ! *Λα υrrrτα iii αlαααταrrrαucor, sααar morrrë* !

L'Arauko-lambûr m'est venu naturellement.

L'éclat de lignite frappe mon adversaire en pleine poitrine, et Fulgence-Lokr' s'embrase en hurlant. Des flammes rampent sur son torse, descendent le long de ses jambes, attaquent le visage.

« *Tu es impressionnant, petit frère.*

— *La partie n'est pas finie…*

— *Tant mieux. Je m'amuse bien.* »

Pas moi. Parce que étouffant la douleur qui le submerge, le démon incante à toute vitesse et les flammes mystiques perdent leur intensité.

— Ce n'était pas gentil, dit Fulgence en éteignant les dernières flammèches blanches grésillant sur son épaule. Pas gentil du tout, répète-t-il d'une voix qui m'arrache un frisson.

Mon sort, lancé dans l'urgence, a échoué.

Avec une vivacité surprenante, Fulgence-Lokr' se rue sur moi.

Sa main se plaque sur ma gorge et il me soulève du sol, comme si je ne pesais rien. Sa poigne est un étau. J'ai beau m'accrocher à son bras, je suffoque.

— Il est grand temps de mettre un terme à cette pénible histoire, annonce-t-il en resserrant sa prise.

Je me suis déjà trouvé dans une situation semblable : Erglug (sous l'emprise d'un mage, pour sa décharge) a également tenté de m'étrangler. Je m'en suis tiré à coups de runes. Les trolls sont sensibles à la magie ! Beaucoup plus que les démons.

Maintenant, loin de tout et de tous, dans un repli obscur du Multivers et après avoir épuisé mes propres ressources, je ne vois objectivement aucune raison de continuer à espérer.

Ma vue se brouille.

Je vais disparaître, m'estomper à mon tour, avec comme seule satisfaction d'avoir obtenu les réponses à quelques questions.

2

— Je suis d'accord avec toi, Lokr'. Il est grand temps de mettre un terme à cette histoire !

Fulgence sursaute et me lâche pour faire volte-face.

Je m'affaisse sur le sol (si on considère que la Frontière est constituée d'un sol) et je masse ma gorge endolorie.

Puis je lève les yeux sur une silhouette gigantesque.

Ténébreuse.

Une tête énorme, surmontée de cornes puissantes.

Deux yeux profonds luisent, semblables à des braises, et je distingue nettement plusieurs rangées de dents acérées.

À la place des bras, des tentacules évoquent davantage la ramure d'un arbre que les appendices d'un poulpe.

Fulgence est parcouru de tremblements.

« Khalk'ru !

— En personne.

— Il est… Waouh !

— Tu m'enlèves les mots de la bouche, Ombe ! »

– Tu fais un raffut de tous les diables, Lokr', en incantant de manière si grossière ! continue le roi-démon avec un accent moqueur. Ça ne t'a pas réussi, tout ce temps chez les humains !

Sa voix est, comment dire… indescriptible, justement. Comme celle du démon du hangar mais beaucoup plus marquée, irradiant de puissance. Entre le feulement d'un tigre et le grondement de l'orage, teintée d'échos métalliques.

Fulgence tombe à genoux.

– J'implore ta clémence, ô Khalk'ru, ô mon roi !

Le désespoir qui transparaît dans ce cri indique qu'il n'y croit pas une seconde. Mais, j'ai eu l'occasion de le dire, dans les moments critiques, chacun se raccroche au plus petit fragment d'espoir.

Khalk'ru éclate de rire. Je sens la Frontière frémir.

Mon… père semble d'excellente humeur. Ce qui paraît normal : il tient à sa merci un ennemi qui lui échappe depuis cent cinquante ans ! Je ne sais pas si c'est beaucoup, en temps démoniaque, mais quand même.

– Ma clémence, Lokr' ? Tu ne manques pas de culot ! Ce même culot qui t'a perdu quand tu t'es cru meilleur que moi, et qui t'a sauvé quand tu as osé changer de monde. C'est vrai aussi que tu m'as donné le plaisir d'une traque difficile. Enfin, j'aurai le temps d'y réfléchir une fois que nous serons rentrés dans le Nûr-Burzum.

Fulgence baisse la tête et pose le front sur le sol. Je

ne sais pas s'il est soulagé ou s'il se sent perdu, mais il paraît accepter sans condition la décision de Khalk'ru.

Les démons peuvent arpenter la Frontière sans cesser d'être eux-mêmes. Dans sa fureur, Lokr' l'a oublié. Pas Khalk'ru.

Le roi-démon tourne vers moi son visage ténébreux.

3

— Jasp'r, mon fils !

Je ne sais pas ce qui m'impressionne le plus, son apparence terrible ou qu'il m'ait appelé fils.

— Père…

— J'ai eu connaissance de tes exploits et je suis très impressionné. Bon sang ne saurait mentir !

— C'est généreux de votre part, je réponds, parce que je ne sais pas quoi dire d'autre.

— Que veux-tu de moi en récompense ? Tu m'as aidé à capturer Lokr' ! Parle ! Comme tu le dis fort justement, je sais me montrer généreux.

C'est le moment que tout le monde attend. Le génie sort de la lampe et il demande à son propriétaire de faire un vœu.

Le problème, c'est que j'ai manqué de temps pour y réfléchir !

Khalk'ru m'encourage :

— Souhaites-tu soumettre le monde des humains ?

Ta double nature t'en offre la possibilité et tu aurais l'appui du Nûr-Burzum.

Je secoue la tête. Devenir le maître du monde ? Sûrement pas !

– En ce cas, rejoins-moi, Jasp'r. Renonce à ta part humaine, devient totalement démon ! Tu seras prince en mon royaume.

Bon sang de bon sang… Démon pour de vrai.

Mettre un terme à mes tourments, à mes interrogations ! À mes états d'âme pourris !

Courir avec les loups, nager avec les requins, me battre contre des guerriers, fouler une herbe rouge et des galets sanglants, ne plus avoir peur, ne plus avoir mal !

Ce marché ne manque pas d'attraits. Mais la contrepartie me paraît infiniment lourde. Car accepter de partir, ça signifie abandonner mes amis, ne plus revoir Nina, Jean-lu, Arglaë et Erglug, mademoiselle Rose et Walter.

L'Association.

Ma mère.

Jamais je n'en aurai le courage.

Je secoue encore la tête.

– Ce que je veux, père, c'est rester dans le monde des humains. Tel que je suis. Et sans chercher à le dominer. Pour y vivre ma propre vie, simplement.

Je devine (même s'il en est dépourvu) que Khalk'ru fronce les sourcils.

– Du coup, je continue, j'aimerais que vous laissiez

ce monde tranquille. Vous avez Lokr', plus rien ne vous oblige à verser de l'huile sur un feu que Normaux et Anormaux arrivent très bien à allumer tout seul !

Cette fois, c'est lui qui secoue la tête.

– T'imaginer loin de moi pour toujours me désole, Jasp'r. Je rêve depuis longtemps d'une descendance dont je pourrais être fier ! Ta décision me prive de cette satisfaction. C'est pourquoi j'accéderai à tes requêtes si tu laisses partir ta sœur. Elle m'accompagnera à ta place dans le Nür-Burzum !

Mon cœur s'arrête brusquement de battre.

4

Ombe ? Il veut me prendre Ombe ? C'est impossible !

Impensable !

J'essaye de m'imaginer sans confidente, sans petite voix intérieure. Avec un demi-cœur.

Non. Je ne veux pas.

Il n'a qu'à engendrer d'autres enfants !

« Ombe, tu l'as entendu, il veut nous séparer ! Écoute, voilà ce qu'on va faire…

— Non, Jasper. Toi, écoute !

— Ombe ? Qu'est-ce que…

— Oh, Jasp ! Ta vie n'est pas la mienne ! Je te suis infiniment reconnaissante de m'avoir acceptée, de m'avoir donné une place aussi grande. Seulement…

— Seulement quoi, Ombe ? Tu fais partie de moi ! Et lui, il veut… il veut t'arracher à…

— Ce qui nous est arrivé est accidentel, tu comprends ? Artificiel. Je suis une greffe. Je vis sous assistance, sous perfusion. Je vis par procuration, par frustration. Mon père – notre père ! – m'offre une seconde chance. C'est inespéré !

– *Une chance ?!*

– *Oui, Jasper. Une chance de courir à nouveau, même sur des cendres. De respirer avec mes propres poumons, même du soufre. De prendre mes propres décisions, même stupides… Alors, s'il te plaît, Jasper, accepte. Parce que c'est ce que je veux.* »

Je ne réponds pas.

Jamais Ombe ne m'a parlé comme ça, aussi longtemps, avec autant de fougue.

Depuis combien de temps suis-je sourd à sa souffrance, à ses émotions les plus intimes ? Pourquoi est-ce que je lui refuse le droit d'avoir le choix ? Au nom de quoi, sinon un égoïsme absurde, est-ce que je décide pour ma sœur, en suivant mes seuls sentiments ?

Il y a quelques heures, je voulais la transférer dans le corps de la reine des vampires, pas pour qu'elle revive mais pour qu'elle reste avec moi, à n'importe quel prix – même le plus noir, le plus condamnable.

Une rougeur envahit mes joues, que le vent de la Frontière dissimule heureusement aux regards.

– C'est d'accord, père, je soupire. Mais sachez que c'est sa décision, pas la mienne.

– Ꝓourquoi attacher tant de prix à cette illusion qui est celle de votre liberté ? s'étonne Khalk'ru.

– C'est très humain, je réponds. On peut même affirmer que c'est ce qui différencie les hommes des autres créatures. J'imagine que vous ne pouvez pas comprendre.

— Ce qui compte, c'est que je vais ramener un fugitif que je pourchasse depuis longtemps et qu'un de mes enfants sera du voyage. C'est une belle journée, Jasp'r !

Le roi-démon tend vers moi ce qui lui tient lieu de bras. Malgré ma répugnance, je n'esquisse pas un geste.

Une douleur atroce éclate dans ma poitrine au moment où la vrille s'immisce en moi pour m'arracher Ombe, pour libérer une brume chancelante, qui peine à prendre consistance. Mais peu à peu se dessinent les formes familières d'une jeune femme sportive aux cheveux courts, qui fut Agent stagiaire avant d'être terrassée par l'arme d'un fanatique.

Bien sûr, ce n'est pas Ombe telle que je l'ai connue qui se tient devant moi, presque timide, me dévorant des yeux.

D'abord parce que les effets de la Frontière modifient l'apparence.

Ensuite parce que seul son côté démon est visible à présent : une silhouette sombre et rougeoyante, aux contours hésitants.

Mais c'est ma sœur !

Le cœur battant à se rompre, j'abandonne aussitôt mes regrets de l'avoir laissée partir, ma peine et mes frustrations.

Je lui ouvre les bras et elle s'y jette, sans une hésitation.

5

Alors seulement, je remarque la présence d'un humain derrière le roi-démon.

– Maître ! crie l'homme qui accompagne Khalk'ru. Vous ne pouvez pas faire ça ! Ce monde est à moi, vous me l'avez promis !

Je reconnais cette voix.

Je reconnais l'homme qui se tord de fureur devant nous, dans le vent déformant de l'Entremonde.

C'est Siyah ! Le magicien noir !

– Silence, Sharkû ! tonne Khalk'ru. Comment oses-tu me parler sur ce ton ?

Siyah lutte pour reprendre le contrôle de sa voix.

– Je suis désolé, Maître. Mais lorsque je me suis engagé à vos côtés, il était convenu que...

– Les promesses faites à un humain n'engagent que sa crédulité, le coupe Khalk'ru. Ce que je dois à mon fils vaut mille fois plus que les petits services que tu m'as rendus.

– Petits services ? s'étrangle Siyah, perdant à nouveau toute prudence. Pour vous j'ai renoncé à ma carrière de magicien qui s'annonçait brillante ! J'ai supporté les prétentions d'une clique d'Anormaux qui valaient moins que rien ! J'ai violé la loi et contrevenu aux décrets de l'Association ! Tout ça pour quoi ? Pour que votre fils, non content d'avoir détruit mon palais et de m'avoir crevé un œil, me vole ce qui me revient de droit !

Ainsi, le mage noir était l'homme de main de mon père dans le monde des Normaux et des Anormaux.

Chargé d'affaiblir la Barrière par tous les moyens : en transformant les vampires en drogués, en dressant les unes contre les autres les meutes de lycans, en essayant d'anéantir les dernières Créatures, en incitant les gobelins à la rébellion, en envoûtant Walter pour désorganiser l'Association !

Enfin, comble de l'ironie, Siyah a eu deux fois l'occasion de me tuer et il ne les a pas saisies. La première, parce qu'il s'est rendu compte que j'étais le fils de Khalk'ru. La seconde, parce qu'il savait que j'étais le fils de Khalk'ru !

Je parie qu'il s'en mord les doigts à présent.

Il y a des moments, dans l'existence, de pure jubilation.

Justice est fête !

La réaction du roi-démon ne tarde pas et ses tentacules fondent sur le mage. J'ai déjà eu un aperçu de ce dont ils sont capables et je ne le souhaite à personne. Sauf peut-être à Siyah.

Mais Siyah n'attend pas d'être châtié. Il bondit

en avant, bouscule Omb'r encore mal à l'aise dans sa nouvelle enveloppe et se jette sur moi.

J'ai le temps de voir mon père empêcher Omb'r de se précipiter à mon secours.

Puis Siyah et moi basculons de l'autre côté de la Frontière, vers le monde des hommes, interdit aux démons.

6

Notre chute s'arrête brutalement contre les restes d'une charpente, poutres entrelacées et fumantes.

L'accès de rage de Siyah nous a ramenés rue du Horla, près du cratère qui a remplacé le numéro 13.

– Ton père ne peut plus m'interdire quoi que ce soit, halète Siyah en se redressant. Je vais te tuer ! Je t'avais prévenu que tu me le paierais un jour !

Je me relève aussi. Mes courbatures ont presque disparu, ainsi que les marques laissées par les coups de Fulgence. Les capacités de régénération d'un démon semblent rivaliser avec celles des loups-garous.

« Et toi, Ombe, ça va ? »

Je me mords les lèvres.

Ombe n'est plus là.

Elle a retrouvé une vie, ailleurs.

Je ne la reverrai jamais et je n'ai pas eu le temps de lui dire au revoir, à cause de cet imbécile.

Je serre les poings. Siyah va le regretter.

Si je me sens d'attaque, ce n'est pas le cas du mage noir. Les passages d'un monde à l'autre réclament de l'énergie et, si puissant soit-il, Siyah n'est qu'un homme. Normal ou Paranormal, c'est (presque) pareil.

– Une fatigue passagère ? je demande, tandis qu'il peine à retrouver son souffle.

Je lui assène un grand coup de boule sur le nez.

Le sang gicle.

Il pousse un cri de souffrance et recule en titubant.

J'enchaîne avec un énorme coup de poing qui l'envoie à terre.

Il crache une dent, avant de ricaner :

– Tu te crois fort, hein, démon ? Tu aurais dû accepter la proposition de ton père. Dans le Nûr-Burzum, ils t'auraient adulé. Ici, ils vont te craindre et te détester. L'Association te chassera, tes amis te fermeront leur porte et te regarderont avec horreur. Je suis peut-être un traître mais j'appartiens à ce monde ! Pas toi !

Les mots du mage produisent l'effet escompté.

Toute ma vie a été conditionnée par la question pesante du « où vais-je ? ». S'est ajoutée depuis quelque temps celle du « qui suis-je ? », qui n'est pas moins lourde.

Le mage noir met le doigt là où ça fait mal (et pas dans l'œil, cette fois). Comme si les problèmes spécifiques de l'adolescence ne suffisaient pas !

Je ressens l'absence d'Ombe dans toute sa cruauté. Elle aurait relativisé, elle m'aurait consolé, elle aurait trouvé les mots.

Elle m'aurait dit : « Ne l'écoute pas, Jasper. C'est un vieillard aigri ! Toi aussi, tu es de ce monde, à moitié en tout cas. »

Elle aurait ajouté : « Fais gaffe, Jasp ! Il cherche à t'embrouiller ! Ne te déconcentre pas ! »

Et elle aurait eu raison.

Parce que Siyah, basculant sur le côté, sort de sous son manteau un Taser de la MAD.

7

Siyah agite l'arme sous mon nez avant de se mettre hors de portée.

– Tu le reconnais ? exulte-t-il. C'est un joujou comme celui-là qui a dégommé ta sœur ! Il libère un flux mystique mis au point par Lokr', qui connaissait bien les démons et leurs faiblesses !

– J'ai affronté un Milicien qui avait le même et je suis toujours vivant, je crâne, en omettant de préciser que je possédais alors un bouclier runique.

– J'ai apporté à cet exemplaire quelques modifications personnelles, me confie Siyah avec gourmandise.

– Et ensuite ? je lance avec un mépris calculé. Tu as tout perdu. Tu n'es plus rien ! Tu ferais fuir une goule avec ta gueule ! Pire, tu te prendrais un vent avec un vampire !

Pendant que j'occupe son attention, j'ouvre ma sacoche et attrape discrètement le miroir.

– L'avenir ne te concerne plus, démon, répond

Siyah en grimaçant. À vrai dire, il m'intéresse à peine. Seul compte cet instant. Je l'attends depuis si longtemps !

Sa bouche s'ouvre dans un sourire horrible (le sang et la dent manquante…).

Il tire.

Une fraction de seconde avant que son doigt écrase la détente, je sors le miroir de mon sac et le brandis devant moi.

Le flux d'énergie blanche craché par le canon du Taser trafiqué percute l'objet de verre et de métal.

Un hurlement inhumain résonne au milieu des ruines.

Ce n'est pas moi qui l'ai poussé.

Ni Siyah qui regarde, stupéfait, le miroir absorber les flammes froides.

C'est Ralk'.

– Désolé, vieux, je murmure tristement. C'était toi ou moi.

Au moment où je me décide enfin à bouger, un phénomène curieux se produit : l'énergie blanche reflue lentement, très lentement, comme si le miroir débordait, ou si elle avait touché un fond, quelque part, très loin.

Ensuite, tout s'accélère.

Le flux mystique frappe Siyah de plein fouet et le mage hurle à son tour.

Avant d'exploser.

Je baisse la tête pour protéger mes yeux de l'intense lumière.

L'obscurité revient et avec elle le silence.

Je bats des paupières.

Siyah a disparu.

8

À sa place se tient une créature d'ombre et de feu, de nuit et de flammes rouges. Une forme vaguement humaine, à la fois réelle et floue. Une large bouche. Des braises à la place des yeux. Et une paire de cornes de taureau.

– Siyah ?! je lâche sous le coup de la surprise.

Le démon qui me fait face éclate d'un rire énorme.

– Non, Maître. C'est Ralk', votre dévoué serviteur ! Ralk' est libre, enfin ! Après toutes ces années !

J'ai du mal à imaginer que je me trouve en présence d'un démon mineur. À quoi ressemblent les démons Majeurs sous leur forme d'origine ? Sans parler des Maîtres démons…

Oubliant ma propre nature semi-démoniaque, je sens monter en moi des bouffées de tendresse pour les Anormaux. Par la barbe de Gimli, vive la Barrière qui empêche des créatures aussi terrifiantes d'envahir notre monde !

– Ralk' ? je finis par dire. Mais… Comment ? Où est passé Siyah ?

– Passé est le mot juste, Maître. Siyah a pris ma place dans le miroir ! Les énergies qu'il a déchaînées ont créé un couloir que je suis parvenu à emprunter. Ensuite, je n'avais pas d'autre choix, pour interrompre le processus, que renvoyer la source à la source !

Je me penche au-dessus du miroir intact. Les runes sont brûlantes. À l'intérieur, j'aperçois une silhouette prostrée. Ça pourrait être un homme ou un démon, impossible de faire la différence. Pauvre Siyah…

« Pauvre Siyah ? m'aurait engueulé Ombe. Ce salaud était prêt à te tuer sans aucun remords ! Il a de la chance d'être toujours vivant ! Il n'a que ce qu'il mérite. »

Ce qu'il mérite, je veux bien. Quant à la chance d'être en vie et prisonnier d'un miroir, on pourrait en discuter.

Je le range dans ma sacoche et fixe la monstrueuse silhouette de Ralk'.

Celui-ci se tortille, gêné.

– Il y a un problème, Maître ?

– Tu es beaucoup plus encombrant que quand tu étais dans le miroir.

– Vous n'allez quand même pas…

– Non, Ralk', rassure-toi. Mais je ne peux pas te garder avec moi.

– Maître !

Je réfléchis.

Personne ne connaît mon secret. Comme l'a fort bien exposé Siyah, je dois garder le silence sur ma part démoniaque si je veux reprendre le cours normal de mon existence. À moi de m'arranger avec elle(s) !

Ralk' serait un auxiliaire précieux ; ses connaissances semblent infinies. Mais il me grillerait très vite. Avant de griller tout court sous les coups de l'Association !

Ralk' est suspendu à mes lèvres. Il attend ma décision. Le démon, deux fois plus grand que moi, me regarde avec des yeux implorants !

– Tu connais le moyen de retourner au Nûr-Burzum ? je demande.

– Oui, Maître. Dans ce sens-là, c'est assez facile.

Le soulagement est perceptible dans sa voix. Il croyait vraiment que j'allais le renvoyer dans le miroir ? La vie dans le Nûr-Burzum ne doit pas être de tout repos.

Je prends un carnet au hasard dans ma besace et en arrache trois pages vierges. Sous le regard curieux de Ralk', je griffonne quelques mots sur l'une et quelques phrases sur les deux autres. Je plie les lettres, les numérote et les tends au démon qui les attrape délicatement entre ses doigts griffus.

– Je te charge de porter ces messages à ma sœur, Omb'r, fille de Khalk'ru, princesse du Nûr-Burzum.

Ralk' incline légèrement le buste en signe d'obéissance.

– Le premier te concerne, Ralk'. Je lui vante ton dévouement et lui demande de te prendre à son service personnel.

292

Si les démons sont capables d'émotions, Ralk' en donne un parfait exemple. Il s'incline plus largement, avant de reprendre la parole.

– Maître… Mille fois merci, mon Seigneur. Ça a été un honneur et un plaisir de vous servir.

Puis il incante et disparaît très vite dans une atroce odeur de soufre.

9

Je ne connaissais pas Ralk' depuis longtemps mais il me manque déjà.

À pas lents, je prends la direction du cratère pour libérer mes amis, protégés mais piégés par le champ de force démoniaque.

Dans le secret de mes pensées que je ne partage plus avec personne, je répète plusieurs fois les mots écrits dans le message numéro deux.

« Je t'aime, grande sœur. »

Des mots confiés à Ralk' pour Ombe.

C'est tout ce que j'ai trouvé sur le moment. Ce n'est pas très original, mais ça résume parfaitement ce que j'aurais voulu lui dire.

Un croassement déchire la nuit claire.

Fafnir se pose dans un froissement d'ailes sur mon épaule.

– Je savais que tu ne me laisserais pas tomber, je lui dis à voix basse en caressant ses plumes noires. Il ne reste plus que nous deux, maintenant.

– Kraaa! Kraaa! Kasparrr! me répond-il en frottant sa tête de corbeau contre mon cou.

Je lève les yeux vers le ciel que le sortilège d'illusion ne parvient pas à voiler.

– Est-ce que nos vies ont leur reflet là-haut, dans cette pâle lumière qui effraye tant les ténèbres ? je murmure pour moi seul, en essayant de me tenir droit sous le regard brûlant des étoiles.

10

Ma mère me propose du thé. Du darjeeling, précise-t-elle (c'est mon préféré). Je lui suggère de me rejoindre pour qu'on le boive ensemble, au salon. Elle marque un temps de surprise avant d'accepter.

En l'attendant, je contemple l'écran plat devant lequel j'ai passé une partie de mon existence. Il est resté éteint depuis des semaines.

Je me rappelle un tag sur un mur qui disait : « Éteins la télé et vis ta vie. » En fait, il suffit de vivre sa vie, la télé s'éteint d'elle-même. Bien sûr, ça aide quand ladite vie se déroule à cent à l'heure, qu'elle est truffée de magie et de batailles, de jolies filles et de monstres ! Le plus difficile devient alors de trouver cinq minutes pour se poser quelque part et faire le point, face au miroir d'un écran débranché.

Mon cœur s'affole.

Je repousse cette discussion avec ma mère depuis des jours. Pourtant, Nina m'a bien entraîné aux conversations délicates. On ne pouvait pas rester sur un silence, elle et moi. Il paraît que parler d'un problème, c'est le régler en partie. Nina a su m'exposer son désarroi, j'ai posé des mots sur ce que je ressentais. On ne s'est pas remis ensemble, non. Mais maintenant, on sait pourquoi. Et on s'est promis de dépasser nos émotions pour essayer de devenir amis. C'est le moins qu'on puisse faire, par respect pour notre histoire très particulière. Et pour l'Association, puisqu'on s'y croise chaque jour.

Mon visage se reflète sur l'écran miroir. Ce n'est plus Ralk' que je vois, mais c'est toujours un démon. Un démon d'apparence humaine. Capable de choses terrifiantes, dont je ne sais encore rien. Je dispose d'une vie entière pour les découvrir – et les maîtriser ; mais je ne suis pas encore rassuré. Ralk' aurait eu beaucoup à m'apprendre sur ce que je suis.

Je me retiens de justesse. J'allais solliciter l'avis d'Ombe.

Je commence seulement à accepter son départ. Après avoir eu pour compagnie une voix dans ma tête, un bijou puis un corbeau ensorcelés et un miroir habité, j'ai du mal à côtoyer des gens ordinaires.

Je me retrouve également seul avec moi-même et ce n'est pas le plus facile à vivre…

– Voilà, mon chéri ! annonce ma mère en déposant sur la table basse un plateau supportant deux tasses, une théière bouillante et un sachet rempli de gâteaux.

Elle s'assied à côté, commence à servir. Je regarde ses mains blanches et énergiques s'agiter autour des tasses. Comment ma mère, si menue, a-t-elle pu être la fiancée du roi-démon ? J'essaye de visualiser d'autres mains que celles de mon père caresser ses cheveux blonds. Je n'y parviens pas. L'image de Khalk'ru est trop forte pour que je l'imagine en humain ordinaire.

– Ça va, Jasper ? Tu n'as pas l'air dans ton assiette, en ce moment. Tu souffres encore de ton accident ?

Je secoue la tête.

– Alors c'est Nina, croit-elle comprendre tout à coup. Il y a un problème entre vous ?

– Oui, non, enfin, ce n'est pas à cause de ça que… Les mots me fuient.

– Pourquoi est-ce que vous n'avez jamais eu d'autres enfants, papa et toi ?

Son visage s'assombrit instantanément.

– Je n'aime pas en parler, tu le sais.

– J'ai besoin de savoir, j'insiste d'un ton sec qui me surprend.

Elle m'observe, étonnée. Je plonge mon regard dans le sien. Ses yeux s'écarquillent. À sa façon – je ne dois pas l'oublier –, ma mère est une sorcière.

– Alors tu sais, soupire-t-elle, brusquement fatiguée. Comment…

– Peu importe comment.

J'ai retrouvé un ton plus doux.

– J'étais enceinte de toi quand j'ai rencontré ton père, lâche-t-elle dans un souffle. Je ne lui ai pas caché mon état. Il nous a acceptés tous les deux. Et puis tu es né. L'accouchement a été difficile. J'ai… j'ai failli mourir.

La voix de ma mère, vacillante au départ, prend de l'assurance.

— Plus tard, on nous a annoncé que je ne pourrais plus enfanter. Ça a miné ton père. Il t'aime, crois-moi ! Mais il aurait voulu avoir ses propres enfants. Alors, il a peu à peu déserté la maison, il s'est enfermé dans son travail.

Au fil de sa confession, elle retrouve une forme de sérénité. Comme si ce secret lui pesait depuis trop d'années.

— Tu veux savoir qui est ton vrai père ?

Je hoche la tête, incapable de parler.

— Un homme que j'ai rencontré une seule fois. Il était venu assister à une cérémonie donnée par le *coven* auquel j'appartenais. Je ne me rappelle plus son nom. Il était très beau et j'étais très jeune.

Maintenant elle attend ma réaction, inquiète.

Je reprends le contrôle de ma respiration. Je sais ce que je voulais savoir : ma mère n'a jamais su qu'elle serrait un démon dans ses bras.

— Merci, maman.

Je bois une gorgée de thé. Des arômes de fleur planent au-dessus de la tasse, pendant que je goûte l'amertume du sombre breuvage. Ma mère m'imite, sans me quitter des yeux. Je crois qu'elle me voit sous un autre jour.

— Nina et moi, c'est fini, je confesse à mon tour, comme si seule une autre confidence avait le pouvoir de dénouer la tension entre nous.

Je lui raconte tout et elle plonge avec soulagement dans mon histoire.

– La vie est une succession de cycles, déclare-t-elle enfin. Tu sais quoi ? C'est assurément la fin d'un cycle pour toi. Un autre commence, et il serait raisonnable de consulter les cartes pour que tu saches à quoi t'attendre !

Je ne cache pas le sourire qui me vient. Ma mère restera toujours ma mère.

– D'accord.

Après tout, le destin n'a-t-il pas redistribué les cartes et lancé une nouvelle partie ?

Je prends le paquet dans la main droite et me concentre. Je choisis dans le jeu quatre cartes, que je dispose en croix sur la table, sans les retourner.

Ma mère suit mes gestes avec attention.

– La carte à gauche, Jasper. Elle te dira qui tu es.

– Le Diable…

Ça commence bien ! Heureusement, ma mère ne se laisse pas démonter.

– Le Diable laisse augurer une idée de trouble. Tu dois rester prudent et canaliser tes énergies. Tu possèdes la puissance d'agir, de créer, de produire. Tu es porté à dominer les autres, mais tu gardes le sens des responsabilités.

Je soulève la carte de droite.

– Ton environnement actuel…

– La Lune.

– La Lune laisse planer une inquiétude, une angoisse.

La situation reste trouble. Tu dois être patient, Jasper, et réceptif aux autres.

Sans commentaire.

La carte du haut, maintenant. Celle de l'objectif à atteindre.

– La Justice, j'annonce.

– Équilibre et harmonie seront au rendez-vous, continue ma mère. Mais tu devras assumer ton passé, agir avec logique et rigueur, sans jamais dépasser les limites.

La dernière, tout en bas.

La conclusion.

– Le Monde…

– C'est génial, mon chéri ! s'exclame ma mère. Ta réussite sera totale ! Ton œuvre grandiose et reconnue. Quelles que soient les épreuves qui t'attendent, tu te donneras les moyens d'en sortir vainqueur.

Elle ne croit pas si bien dire. J'ai triché en choisissant la dernière carte !

L'avenir sera ce que j'en ferai et je ne laisserai personne – surtout pas une carte – me dire le contraire.

Brouillon d'une lettre de Jasper à mademoiselle Rose, écrite trois semaines après les événements ayant conduit à la destruction de la rue du Horla, et commentée machinalement lors de sa rédaction.

Chère Mademoiselle Rose,

Je vous remercie beaucoup pour le mot que vous avez eu la gentillesse de m'envoyer. Votre temps est sûrement compté !

Je suis ravi que le miroir que j'ai retrouvé (oh, le menteur !) *dans les décombres de l'immeuble* (officiellement, un gros problème de gaz ; très pratique, le gaz, on peut le mettre à tous les étages) *vous fasse autant plaisir. J'ignorais qu'il vous appartenait et que vous y teniez autant* (menteur, menteur).

Je ne sais pas si vous vous plaisez dans votre bureau de Londres, mais ici, vous nous manquez.

Depuis que vous nous avez quittés pour prendre la

302

direction de l'Association, en remplacement de Fulgence (officiellement en fuite, c'est devenu l'homme le plus traqué du monde ; je suis le seul à savoir qu'on ne l'attrapera jamais…), *Walter est à la fois triste et détendu* (à la faveur de confidences autour d'un verre de whisky – pour lui – et d'un café – pour moi – j'ai eu le fin mot de l'histoire : le Sphinx et lui étaient tous les deux amoureux de mademoiselle Rose ! Rose a refusé de choisir et ce non-choix a conduit chacun à se refermer sur lui-même…).

Nous parlons de vous souvent, dans les nouveaux locaux du Bureau parisien, installé au 9 de la rue Jilano.

Sous la direction de Walter (qui ne porte plus de cravate et qui s'est remis au sport !), *la réorganisation de l'équipe s'est faite très naturellement. À ce propos, merci de nous avoir promus Agents titulaires* (j'ai la réponse à ma question : on ne signe aucun renoncement à ses proches en devenant Agent…) !

Jules, en quelque sorte, a pris notre place. Il gère l'administratif (c'est grâce à lui que l'Association n'a pas implosé ; les images de l'attaque qu'il a enregistrées ont convaincu les différents Bureaux que Fulgence était un salaud – et, par voie de conséquence, que Walter et mademoiselle Rose étaient des héros. J'ai vérifié discrètement : Jules n'a rien filmé de compromettant pour moi ; je l'aurais vu tout de suite sur sa figure, trouillard comme il est !).

Nina recrute les Agents stagiaires (ce n'est plus ma copine, on est devenus amis ; elle a encore du mal à l'accepter mais c'est mieux comme ça : certains secrets sont terriblement lourds à porter et le poids du mien l'aurait écrasée…).

Quant à moi, j'ai récupéré ce que j'ai pu de l'ancienne armurerie pour reconstituer un arsenal digne de ce nom et je suis désormais sur le terrain. Quand je n'enseigne pas aux stagiaires les finesses de la sorcellerie et du combat rapproché, je patrouille en ville.

À ce sujet, mille fois merci pour la nomination du troll Erglug au rang d'Agent auxiliaire ! Depuis qu'il m'accompagne dans mes tournées, les Anormaux se tiennent hyper-tranquilles (mon ami poilu adore son job, qui lui permet de distribuer de nombreuses baffes et de citer Hiéronymus à tout bout de champ).

Je suis content que vous ayez décidé de dissoudre la MAD (une enquête, à laquelle j'ai collaboré, a définitivement rendu la Milice responsable de la mort d'Ombe et du Sphinx. Lorsque j'ai récupéré Romuald et Lucile, passablement amochés, sur l'Île-aux-Oiseaux, ils n'ont fait aucune difficulté pour accepter une exfiltration vers le Nûr-Burzum ; ce que mon père leur a réservé, à eux et à Fulgence, je n'en sais rien et ne veux pas le savoir ; mais ce n'est sûrement pas pire…). À mon avis, une association secrète n'a pas besoin d'héberger une sous-association secrète !

J'ai retrouvé avec plaisir ma chambre et mes habitudes dans notre appartement de l'avenue Mauméjean. Ma mère essaye d'être là plus souvent (je ne lui ai rien dit au sujet de ma véritable nature ; les mots peuvent construire mais également détruire ; tout dire n'est pas forcément bon. Est-ce que je lui en veux de m'avoir si longtemps caché la vérité ? Pour être franc, je ne sais pas si je l'aime pour son silence ou malgré lui…).

On gagne chaque jour en complicité. Elle m'apprend à faire le thé et à lire le tarot, j'ai réussi à l'intéresser à la cornemuse (j'ai dû m'en racheter une, ayant laissé la mienne aux trolls qui se sont découvert une passion pour cet instrument fin et léger).

J'ai également repris les cours (Jean-Lu est redevenu mon meilleur pote ; il faut dire qu'on a vécu ensemble le genre d'aventures qui rapprochent ! Je lui ai fait jurer le secret au sujet des lycans, et Arglaë a obtenu son adoption par le clan de l'Île-aux-Oiseaux). *J'essaye d'avoir les meilleures notes possible pour me débarrasser du lycée et passer à autre chose.*

Vous me redemandez, dans votre lettre, où j'avais disparu pendant que vous étiez dans l'immeuble, et ce qui s'est passé exactement lors de mon affrontement avec Fulgence.

Comme je vous l'ai déjà dit, je suis descendu dans l'armurerie à la recherche d'ingrédients (menteur…) *et, en fouillant, j'ai trouvé un passage secret qui m'a conduit dehors. Mon intention était de vous venir en aide de l'extérieur* (ça, par contre, c'est vrai). *Je n'avais pas prévu que Fulgence tisse un sortilège d'exclusion autour du Horla ! Il m'a fallu du temps pour en venir à bout* (Jasper…). *Quand je suis revenu, l'immeuble était effondré et vous étiez sous une bulle de protection. J'ai préparé l'assaut contre Fulgence et ses hommes, en utilisant le Livre des Ombres d'un sorcier disparu, spécialiste des batailles entre magiciens (c'est nul mais je n'ai trouvé que ça). L'âpreté de l'affrontement nous a conduits hors du cratère. J'ai défait les mages et, quand Fulgence s'est retrouvé seul et qu'il a constaté que j'étais plus difficile à vaincre que prévu, il s'est enfui. Je n'ai pas trouvé la force de le poursuivre. Ensuite, je suis revenu vous aider puisque le sort qui vous protégeait vous immobilisait également* (j'ai fait semblant d'avoir du mal à défaire l'enchantement, mais il m'a suffi de quelques mots de Parler Noir, murmurés discrètement, pour que la gourmette accepte de les libérer. Cette gourmette, donnée à Omb'r par notre père pour assurer sa protection quand elle était bébé, est à notre image : corps de métal humain et cœur d'essence démoniaque).

Ah! j'entends la sonnerie de la porte d'entrée. C'est sûrement Nina. Elle vient me chercher. Ce soir, le groupe Alamanyar (constitué à présent et officiellement de Jean-Lu à la guitare, d'Arglaë à la basse, de Nina au chant et de moi à la cornemuse) *joue aux Abattoirs, un lieu branché tenu par des vampires et sécurisé par des lycans* (à la suite de leur grosse bagarre et après s'être bien défoulés, vampires et loups-garous ont conclu une trêve ; j'ai exigé un accord signé ; Nacelnik a un peu renâclé mais, après avoir perdu au bras de fer contre Erglug, il a accepté ; étrangement, Séverin s'est soumis tout de suite ; je crois qu'il a plus peur de moi que du troll… Quant au corps de la reine, je me suis occupé personnellement – et discrètement – de son inhumation aux côtés du Sphinx, dans le cimetière gardé par les arbres).

J'arrête là ma lettre. À bientôt !
Marienna, *comme disent les elfes. Allez vers ce qui est bon !*
Et surtout, chère mademoiselle Rose, gardez-vous…

Jasper, Agent (titulaire !) de l'Association

Rêve rouge

Dans le ciel couleur de sang, les nuages vont beaucoup trop vite.

Je rajuste mon pantalon noir, centre la boucle en fer poli de mon ceinturon et ferme les boutons en pierres de cornaline de ma chemise de soie rouge. Je fais bouger mes orteils dans mes bottes aux semelles de métal. Autour de moi s'étend, à perte de vue, une plaine aride et caillouteuse.

Où suis-je ?

— Tu es dans le Nûr-Burzum, Jasp'r ! Bienvenue chez toi !

Omb'r se tient là, droite et souriante, vêtue d'une

combinaison de cuir qui épouse ses formes parfaites, drapée dans un manteau de la même matière et chaussée de somptueuses cuissardes rouges.

— Est-ce que tu sais pourquoi je suis là, Omb'r ?

— Certainement parce que tu en avais envie, petit frère. Tu restes « le chevaucheur, le voleur de nuage, qui danse sur la lande comme le faucon en voyage… ».

— Je connais ce poème…

— C'est normal, tu en es l'auteur. Ici, tu es un poète renommé !

Une brise chaude et légère se lève, charriant des odeurs de rouille.

— Et maintenant, Omb'r, qu'est-ce qu'on fait ?

— Ce qu'on veut. Nous sommes les puissants de ce royaume. Désires-tu combattre et répandre le sang dans l'arène ? Tu es doué pour ça.

— Ah ?

— Trente vampires pourraient en témoigner, s'ils avaient survécu.

— Je préfère courir.

— Alors courons, petit frère ! Soyons les « coureurs infatigables, martelant de leurs pas les chemins innombrables ! »

Omb'r bondit en avant et je m'élance à sa suite.

Mon souffle devient léger. Je rattrape Omb'r et nous allons côte à côte, rapides comme le vent. Au loin, j'aperçois la silhouette de Ghâsh-lug, la montagne de feu, qui éclaire le royaume de ses flammes rouges. J'éclate d'un rire joyeux.

Nos foulées s'allongent. Nous laissons derrière nous des empreintes profondes. Chocs sourds du métal contre la roche. Des étincelles naissent sous nos pas. Je gonfle ma poitrine. Heureux.

Omb'r ralentit à l'approche d'arbres calcinés.

Une brume épaisse, grise, recouvre la forêt pétrifiée comme un pesant catafalque. Je vois à peine où je pose les pieds.

– « Je suis le marcheur aveugle, les yeux figés contemplant une lune qui tarde à se montrer… », je murmure malgré moi.

– « Tu arpentes l'horizon orange qui fabrique d'étranges orages… Éclair d'ivoire, gouttelettes d'eau pâle, châle de pluie sur l'herbe endormie… La feuille se détache et tombe sur la peau de la mare, dans laquelle se reflète un morceau de ciel noir… », continue Omb'r en posant sa tête contre mon épaule.

– Es-tu heureuse, ma sœur ?

– Oui, Jasp'r. Ici je suis libre et je suis moi. Toi seul me manques.

– Est-ce un rêve, Omb'r, ou la réalité ?

– Est-ce si important ?

Les fûts noirs des arbres qui grimpent et se perdent dans le ciel ressemblent aux colonnes d'un temple ancien. Il monte du sous-bois une odeur de mousse, d'humidité mêlée de pourriture. Aucun bruit. Tout est immobile, comme l'étang aux eaux rouges sur lequel flotte des ossements, que nous longeons et laissons derrière nous.

Le bruit d'une averse trouble le silence. Les effluves de la forêt minérale sont plus présents. Pesants. Enivrants.

Je fais le dos rond.

Un flamboiement illumine le ciel, suivi d'un lointain grondement.

– On continue ?

– On continue, Omb'r.

Nous reprenons la course et je songe que j'aime être là.

Je vois des silhouettes sombres alentour, des démons qui s'écartent et s'effacent devant nous.

– Comment va Ralk' ? je demande, saisissant une pensée au passage.

– C'est le meilleur des serviteurs, Jasp'r. Et je te remercie pour tes mots. En échange, voici ma réponse. Tu l'ouvriras plus tard.

– Et la troisième lettre, petite sœur ? je demande en prenant le papier qu'elle me tend et en le glissant dans ma ceinture. Ralk' te l'a donnée ?

– Notre père était furieux, mais ton chamane a été renvoyé chez lui. En échange de la promesse, signée de son sang, d'abandonner pour toujours la chasse aux démons.

– Otchi a accepté ?

– C'est moi qui le lui ai demandé. Regarde, Jasp'r ! Mon endroit préféré !

Devant nous c'est l'océan infini.

À nos pieds se bousculent les galets d'une vaste plage.

La mer est noire, les pierres ont la couleur des coquelicots écrasés.

Là-haut, des oiseaux dansent dans le ciel laiteux.

– « Nous sommes les titans échoués sur des rivages glacés, aux galets froids, le choc des vagues et puis l'effroi, les vastes flots bruissant de rage… », je déclame à l'oreille de ma sœur ravie.

– Allons nous baigner, Jasp'r.

Elle laisse choir sur les galets le manteau qui la préserve des embruns crachés par l'océan furieux. J'abandonne mon pantalon de cuir et ma chemise de soie rouge.

Les boutons en cornaline et la boucle de mon ceinturon touchent le sol avec un bruit sourd. Je retire mes bottes aux semelles de fer. Je suis nu. Omb'r aussi. Elle me lance un cri de défi et se jette dans l'eau aux reflets d'acier gris.

La brise trop chaude qui s'est levée cingle mon dos. Je fais jouer mes muscles, craquer mes cervicales. Je pousse un cri qui se perd dans le ciel chargé d'éclairs. Puis je prends mon élan et plonge à mon tour dans l'océan, qui entre en ébullition.

Je hurle : « Tu es la terre qui se tord, la sirène déchaînée qui appelle les pâles désirs au festin de la mort ! »

La côte s'éloigne. Des ailerons acérés comme les lames d'une faux fendent la mer qui ressemble à une flaque de mercure. Les monstres vont droit sur Omb'r. Au dernier moment, ils l'évitent et s'enfuient. Je ris et je rejoins ma sœur. Nous nous lançons à leur poursuite, dans une nage puissante.

Ce sont des requins noirs plus grands que des voiliers. Nous nous amusons un moment à caresser leur peau, froide et dure comme un blindage, atrocement rugueuse. Leurs yeux, ronds et blancs, s'affolent. Ils ont peur. Peur de nous.

Nous rions à nouveau.

Puis nous nous confions au courant, nous nous laissons porter par la mer, sur le dos.

— Je n'ai jamais été aussi bien de ma vie entière, Omb'r. Est-ce là ce que je dois faire ? Rester avec toi ?

— « Tu es le voyageur sur le port… », me chuchote-t-elle.

Je n'ai aucune idée de ce que signifient ces mots mais ils me bercent. J'aime.

— Tu reviendras, continue-t-elle, et pour cela tu dois partir. À la vie à la mort, petit frère.

— Pour le pire et le meilleur. N'oublie pas : je t'aime, grande sœur.

Post-it

Bout de papier retrouvé sous le fauteuil où je jette mes vêtements avant de me coucher. Comment est-il arrivé là ? Depuis combien de temps traîne-t-il dans la poussière ? Mystère. D'autant qu'il s'agit de l'écriture d'Ombe…

La vie mérite d'être vécue. Toujours.

Remerciements

Je veux remercier ici mes principaux Associés :
Pierre, pour ta présence à mes côtés, invisible mais tellement réconfortante, chaque fois que j'ouvrais le dossier « Botteromme » sur mon ordinateur ;
Claudine, Hedwige, Caroline et Thierry, pour votre confiance et votre soutien de tous les instants, votre disponibilité et votre complicité sans faille.

Et puis tous ceux qui ont accompagné ce projet avec un indéfectible enthousiasme, parmi eux Laure, Églantine, Florence, Babette, Céline, Joy, Frédérique, Sélénia.

Sans oublier les lecteurs et les membres du forum, dont les encouragements m'ont plus d'une fois poussé en avant.

À vous tous, merci.

Elen sila lumenna yomenielmo !
Une étoile brille sur l'instant de notre rencontre !

Erik L'Homme

L'auteur

Erik L'Homme est né en 1967 dans le Dauphiné et passe son enfance dans la Drôme. Après des études d'Histoire à l'université de Lyon, il part à la découverte du monde pendant plusieurs années, avec son frère photographe. Le succès de ses romans pour la jeunesse, notamment la trilogie du *Livre des Étoiles*, celle de *Phænomen*, ou encore la série *A comme Association* écrite avec Pierre Bottero, lui permet aujourd'hui de partager son temps entre l'écriture et les voyages.

Du même auteur chez Gallimard Jeunesse

Le Livre des Étoiles
1 - Qadehar le Sorcier
2 - Le Seigneur Sha
3 - Le Visage de l'Ombre

Contes d'un royaume perdu

Les Maîtres des Brisants
1 - Chien-de-la-lune
2 - Le Secret des abîmes
3 - Seigneurs de guerre

Le papier de cet ouvrage est composé de fibres naturelles,
renouvelables, recyclables et fabriquées à partir de bois
provenant de forêts gérées durablement.

Mise en pages : Maryline Gatepaille

Loi n° 49-956 du 16 juillet 1949
sur les publications destinées à la jeunesse
ISBN : 978-2-07-511945-0
Numéro d'édition : 343752
Dépôt légal : décembre 2018

Imprimé en Espagne par Novoprint (Barcelone)